実は御曹司だった天敵有能同期とお見合いしたら、甘々愛され婚約者になりました

★

ルネッタブックス

CONTENTS

第一章　天敵（？）とお見合い

「そこをなんとかしてくださいよ。こっちもわざと遅れてるんじゃないんだから」

「先月も先々月も、同じお言葉を聞きました。それと、前回もそうでしたが遅れているのだけが問題なのではありません。これは経費として認められないんです」

「ええ……。このくらい、なんとかしてもらえませんか？」

「マイチューバーのイベントグッズを手土産に持っていったというのはわかります。ですが、なぜすべて二セットずつ購入してあるんです？　この、ランダムブロマイドというのはほんとうに十セットも必要だったんですか？」

「それは、その……えっと……」

「こちらの、日曜日の日付のコラボカフェの領収書についても確認になりますが、クライアントに同行したんですか？」

「……………」

「実際に仕事で必要だった金額であれば、精算しないとは言いません。ですが必要経費以外を申請されても受け取るわけにはいきません」

不満げながらも、相手は「わかりました」と引き下がる。

それを見送って、花楓《かえで》はひそかに胸を撫《な》で下ろした。

東京で生まれ育って二十七年。

桑原《くわはら》花楓は、加瀬部《かせべ》ITソリューションの自社ビル五階フロアにある大きな窓から空を見上げる。

七月上旬の東京は、梅雨の最中だ。

今日も朝から湿度が高く、社内は冷房が効きすぎていた。

出社してすぐにデスクの引き出しからブランケットを取り出すのが、花楓の日課だった。

毎年、夏と冬の二シーズンで活躍するブランケットは、職場における大事な相棒である。

これがないと夏場は冷房に負けてすぐ風邪をひく。

冬は冬で、暖房が効いていても足元が寒い。なんにせよ、花楓の職場にはブランケットが重要だ。

一件終わって席に着き、

「あのー、桑原さん、今いいですか?」

伝票を作成していたところに、男性の声が花楓を呼ぶ。

ほんとうは、前の対応をしていたときからちらちらとこちらを見ていた人物に気づいていた。

「はい。どうしましたか？」

席を立って、他部署から来た人が使う作業デスクの前に立った。

ここは、経理部。

社内のいたる部署の人間がやってきて、手書きで書類に書き込みをすることもあるため、作業デスクを置いている。

――たしかこの人は、企画部の新人の、荒見《あらみ》さん。

眉が太く目尻が下がった、人のよさそうな新入社員には見覚えがあった。

たしかＯＪＴのときに、先輩社員と一緒に挨拶に来たのだ。

「あ、あの、すみません。お忙しいところ、大変申し訳ないのですが」

「はい」

妙におどおどしているのは、先ほどのやり取りを見て気おくれしたのかもしれない。

――別に、普段からいつも怒っているわけじゃないんだけど。

「先月締めの領収書の件なんですけど、ちょっと提出が遅れてしまって……」

花楓の身長は一五三センチである。

平均より少し小柄で、昔から年齢よりも幼く見られがちだ。

幼く見られるのは、身長の問題だけではなく、童顔なのも理由のひとつだろう。

そのせいで、駅や人混みでわざとぶつかられることも多いし、痴漢にもあいやすい。

簡単にいうと、舐《な》められやすい見た目で二十七年、生きてきた。

けれど『経理部の桑原さん』を前にすると、社員の大半が緊張する。

「……っっ、すみません！　なんとか、処理をお願いできないでしょうか？」

多くの営業部員たちから、怖い人として認識されている自分を知っていた。

だから、おそるおそる呼びかけられるのは日常茶飯事だった。

荒見も、ちょうど直前に厄介な領収書を申請しようとした者がいたため、きっと花楓のことを怖がっているに違いない。

花楓よりずっと大きな体を窮屈そうに縮こまらせて、頭を下げる姿を前になんだか申し訳ない気持ちになった。

「わかりました。大丈夫ですよ。今後は、なるべく遅れないよう気をつけてもらえれば」

「いいんですかっ⁉」

——そんなに驚かなくても。

先輩たちから、よほど脅されてきたのだろう。『経理部の桑原さん』は、そういう対象だ。

「遅れた経費、受け取ってもらえないって聞いていたのでほっとしました」

やっぱりね、と花楓は心の中でうなずく。

「今後は気をつけます！　よろしくお願いしますっ」

深々と頭を下げられ、本音は「別にそこまでしなくていいよ」と思うけれど、花楓はあえて無表情を決め込む。

仕事中は、仕事用の表情を貫《つらぬ》く。

それが花楓のルールだ。

「くれぐれも気をつけてください。受領書を出すので、署名をお願いします」

「あっ、はい。受領書？　これ、ここに俺の名前でいいですか？」

「はい」

署名が入った受領書を、スキャンしてから荒見に手渡す。

これは、領収書を提出した、していないという水掛け論を防ぐためにも重要な工程だ。

「ありがとうございました」

安堵《あんど》の表情で新人が去っていくのを見送って、こちらもほっと息を吐く。

まったく、わざわざ表情をきつくして『経理部の桑原さん』をやるのもラクではない。

だが、花楓はこの仕事が嫌いではなかった。

五年前、入社してすぐに経理部に配属されたとき、当時の部長が言った。

『経理部は、会社の財布です。紐《ひも》がゆるすぎれば不正経理がまかりとおってしまいます。かといって、紐がきつすぎると社内から不満が出ます。それでも、わが社が営業を行うためには絶対に必要な部署だとひとりひとりが自覚して数字と人と向き合っていきましょう』

最初のころは、期限を大幅に過ぎた領収書を押しつけられて断りきれなかったこともある。

処理の仕方を先輩に教えてもらい、次からは遅れず提出してもらえるようひと言を添えられるようになろうと思った。

それでも年上の社員に押し切られ、悔しい思いをしたことも少なくない。

たかが仕事。されど仕事。

一日の三分の一を会社で働いて過ごすからには、それが自分のアイデンティティとなるのもおかしくないだろう。

花楓は、舐められやすい外見で五年間、経理の仕事をがんばってきた。

その結果、今ではどの部署でも『経理部の桑原さん』といえば、ちょっと厳しいイメージを持ってもらえる。

——まあ、わたしの名前が知られているのは経理部とは関係ないところもあるんだけど……

「桑原先輩、相変わらず怖がられてますね」

「夏海《なつみ》ちゃん、その言い方はどうだろう」

「褒め言葉です！」

経理部二年目の向坂《さきさか》夏海は、要領のいい後輩だ。

なので、彼女は面倒そうな案件だと気づくと席を立たない。

まあ、今回は最初から花楓指名だったから仕方がないのだが。

「わたし、普段はわりと舐められて生きてるんだけどね」

「それもわかります」

夏海は、必要なときしかお世辞を言わないところがいい。

そんなことないですよ、なんてごまかさないのが彼女らしさだった。

「でも、だいたいはあの人のせいですよ」

「あー、うん。そうかもしれない」

社内で『経理部の桑原さん』が知られているのは、花楓が怖い経理のおねえさんだからだけではないのだ。主に、どちらかというと彼が原因だと思う。

「そんなのんきな。桑原先輩の天敵じゃないですか」

「誰が誰の天敵だって？」

ゆらり、と長い影がフロアに揺れる。

一八〇を軽く越える長身に、不機嫌そうに歪《ゆが》んだ眉。整った顔立ちには愛想笑いのひとつもなく、営業職らしからぬ長めの髪は襟足がワイシャツの首元にかかっている。

システム営業部のエースにして、花楓の同期。

蓮生敦貴《れんじょうあつき》が、入り口ドアに軽く腕をかけて立っていた。

同期だけど、年齢は違う。なんなら学歴にも雲泥の差がある。敦貴は修士課程卒だから、花楓より二歳上だ。

そして、彼こそが花楓を無駄に社内の有名人にする張本人だった。

「おつかれ、桑原」

「お疲れさまです」

「なんか、他人行儀だね。俺たち、仲良し同期なのに？」

「……仲、良かった？」

「俺と桑原の仲だろ」

「どんな仲なの、ほんとに……」

はあ、とため息をついていると、廊下を通った女性社員たちの声が聞こえてきた。

「あ、ほら、蓮生さん」

「また桑原さんといるね」

「蓮生さんと同期なんて羨ましい～」

「でもほら、あのふたりって」

「ケンカするほど仲が良い？」

「ケンカップルって言うんでしょ、そういうの」

——ケンカしてるわけじゃないし、ケンカップルでもない！

そう。ただの同期でしかないふたりは、なぜか社内でケンカップルとして知られている。

最初、その単語を聞いたとき、花楓は意味がわからなかった。

なので、噂《うわさ》されるのを放置していたら、いつの間にか事実のように扱われてしまったのである。

理由は単純明快。

営業の敦貴は、領収書をたくさん持ってくる。

経理の花楓は、その領収書について確認しなければいけないことがある。

同期ゆえに気軽に話すふたりの会話が、周囲の目にはケンカと誤解されがちで、反目しているのは皆の目をごまかすため、実際はつきあっているという、まことしやかな噂が流れているのだ。

――このモテ男とわたしがつきあっているだなんて、その時点でありえないんだけど。

敦貴は、非常に顔の良い男だ。

そして、入社当初から「社内恋愛はしない」と明言しているのも知れた話である。

そのせいで、つきあっていることを隠しているという、根も葉もない噂が立っていることを彼は気づいているのだろうか。

――蓮生は、どう思ってるんだろう。……まあ、何も思ってないのかもしれない。

見れば見るほどに、顔がいい。

ひとつひとつのパーツが美しい形をしていて、正しい位置におさまっている。

サイドを耳にかけた黒髪は艶《つや》やかで、精悍《せいかん》な輪郭を絶妙に引き立てた。

深い二重の目は、うっすらと膨らんだ涙袋が色香を感じさせる。

唇は血色がよく、午後になっても顎はつるりとしている。

何より、敦貴を強く印象づけるのは彼の目だ。

白目が青みがかるほどに白く、黒目がしっかりと黒い。

そのコントラストが力のある目だと感じさせる。

「何？　今さら、俺の顔に見とれてる？」

「そうね。顔だけなら、ほんとうにきれいだなと思うよ」

「顔だけってことはないでしょ。桑原なら、ほかにも俺のこと、いろいろ知ってるはずだし」

意味ありげな言い回しに、経理部と隣の総務部の女性社員たちも聞き耳を立てているのがわかった。

「それじゃ、夏海ちゃん、蓮生サンの領収書よろしくね」

「先輩、無理言わないでくださいよ。蓮生さんの担当は、桑原先輩って決まってるんですから。ね？」

「…………」

調子のいい後輩をじろりと睨《にら》んでみても、彼女は笑顔を崩さない。

敦貴が経理部に来るのは、十中八九領収書の提出だ。

さらに言うなら、顔だけではなく頭がよくて会話がうまくて、エースと呼ばれるほどいくつもの企業の担当者から気に入られる彼の、唯一の不得手が書類整理なのである。

結果、敦貴がここに顔を出すときは、高確率で期限の切れた領収書を持ってくると花楓は知っていた。

「後輩がそう言ってるなら、ここは先輩として俺の領収書の処理をすべきじゃないかな、桑原先輩？」

「蓮生に先輩って呼ばれる筋合いはないと思う。年齢だってそっちのほうが上だし」

「なるほど。それじゃ、年功序列でいこう。二歳も下の桑原サマ、俺の領収書、どうにかして、お願い」

「はあ……」

ため息をつきながら、花楓はブランケットを肩にマントのように羽織って敦貴の置いた領収書を確認する。

しかし、いつものこととわかっていても、ひどい領収書すぎて、

「これも……これも、これも、こっちも！」

すぐに花楓の声は険しくなる。

「うんうん、全部俺の商談に使ったれっきとした領収書だ」

平然としていられる敦貴の気持ちがわからない。なぜ、きちんと毎月提出できないのか。

——そして、毎度わたしが処理しちゃうのが悪いんだけど！

システム営業部の彼は、営業部門全体でもトップの成績を誇る。

営業成績がいいということは、顧客とのつきあいが密にできていることを指す。結果として、領収書だって増えるのだ。

もし、期限切れだから受け取らないと拒絶したら、敦貴の成績に影響があるかもしれない。ひいては、自社の営業全般に……まではかかわらないと思うけれど、同期のお財布事情が心配ではある。

「全部、日付が三月なんだけど」

「そうだ。そして今日は七月五日。弊社の上半期は六月末までで、中間決算報告書の正式確定が二カ月後の八月末。つまり三月の領収書は――」

「経理部には毎月〆切があるって知らないの？」

「知らなくはない」

仏頂面のまま、敦貴が軽く顎を撫《な》でる。不敵な所作だ。

日付だけで額面通りにとらえれば、彼の言っていることに間違いはない。だが、それはあくまで結果である。

実際には、上半期の決算は例年より早めに仕上げて、すでに経理部の繁忙期は終わりかけているのだ。

「ああ、もう。このやりとり、去年もやった」

花楓は右手をひたいに当てる。

「思い出してくれて嬉《うれ》しいよ」

こんなときに、敦貴はいい笑顔を見せた。

この顔に騙《だま》される人間は、少なくない。

「できれば、四月中に蓮生が思い出して提出してくれていたら、わたしはもっと嬉しかったと思う」

ため息まじりの言葉に、彼が大きくうなずいてみせた。

「覚えてるさ。桑原が『あなただけ、特別ね』って言ってくれた」

「そんな言い方、した……？」

「俺は桑原の特別なんだろ。やばいな、思い出すだけでも照れるじゃん」

口八丁手八丁の営業エースを相手に、口で勝てるはずもない。

——絶対に言ってないんだけどな。

そんなこと言っていない！　と言い返す気力がないという時点で、結局は花楓の負けだ。

「ともあれ上半期については、来年に期待しよう。お互いに」

一方的に会話を切り上げて、敦貴が左手をこちらに伸ばしてくる。受領書をよこせと言っているのだろう。

「来年の蓮生に期待してる」

「ああ、俺もだ」

会話が嚙《か》み合《あ》っているのか、いないのか。

彼が受領書に署名をしているのを、花楓はじっと見つめていた。

つむじまできれいだなんて、神はこの男に二物も三物も与えたらしい。

「俺の後頭部に見とれた？」

「蓮生って、仕事はできるのにどうして書類整理ができないんだろうね」

しみじみ言うと、敦貴は眉をひそめて顔を上げる。

「ちょ、真顔で言うのは駄目だろう。俺が傷つくだろう」

「あ、ごめん。言い方悪かったね。じゃあ、えーと、カレンダーって知ってる？」

「意図的な悪化だよな？」

「はい、じゃあスキャンしたのでどうぞ」

「え、なんでこっちはそのまま返却してきてんの？」

「これと、これ。この二枚は、経費として認められません。必要なら明細を出して、再度提出してください。あ、でも期限はもう過ぎてるから、誰か処理してくれるといいですね？」

普段は無表情を貫くけれど、ここぞとばかりに花楓はにっこりと笑顔を向けた。

毎回、言い負かされてやられっぱなしではいられない。

こちらも仕事なのだから、突っ返すべきときにはしっかり対応するのだ。

「はいはい、まあ、このくらいは仕方ないか」

受領書を受け取った敦貴が、ため息まじりに前髪をかき上げる。

「桑原、お礼に何かおごるよ。今夜どう？」

——おごられたら、またこういう期限切れの領収書を受け取る羽目になるんでしょうが。

即座にそう考えた花楓は「ごめん」と返事をした。

「今夜は予定があるから、気持ちだけもらっておくね」

軽く肩をすくめて、敦貴が経理部を出ていった。

「それにしても、相変わらず蓮生さんは無駄に顔がいいですね」

夏海が背後でぼそっと言う。

蓮生敦貴の顔がいいことだけは、誰もが認める。

もちろん、花楓もその点だけは同意だった。

・・・・・|・・・・・・・|・・・・・

加瀬部ITソリューションは、もともと国内大手電機メーカーKASEBEの子会社として二十数年前に設立された。

IT革命前後から、多少の低迷はありつつも長く安定したシステムとサービスの提供で、今では経営上は親会社のKASEBEから独立し、一部上場企業となっている。

システム開発、ネットワーク構築、マーケティングなどを得意とする優良企業に就職が決まったとき、花楓は大好きな祖母にいちばんに報告に行った。

あれから五年。

同期入社の三分の一は、転職や結婚を理由に会社を辞めていった。

「今日、何にする?」

社員食堂に並びながら、同期入社でシステム開発部の相模由佳《さがみゆか》がいつもと同じ質問をしてくる。

由佳とは新人研修で親しくなり、それからずっとお互いに本社勤務なこともあって昼を一緒に過ごす仲だ。

「うーん、ロコモコプレートとモチコチキンプレート、どっちにしようかな」

毎年梅雨の時期になると、社員食堂ではハワイフェアが開催される。湿度の高い日常を忘れて、少しでも爽やかな夏をイメージしてもらおうという心遣いだろう。

「由佳は?」

「生姜《しょうが》焼き定食」

「安定してるね」

「お互いに」

ふたりは、ふふっと笑って顔を見合わせた。

期間限定を好む花楓と、定番のローテーションを愛する由佳は、今日も食堂の窓際席で箸を手に取る。

今日はロコモコプレートにした。

ハンバーグに目玉焼きが乗って、サラダとスープもついているのが嬉しい。

「ところで、聞いたよ」

「なんの話？」

「今日も蓮生とやりあってたんだって？」

経理部は五階、システム開発部は十二階なのに、この速度で伝わることにみんな仕事をしていないのではと不安になる。

特に、由佳はあまり噂話《うわさばなし》に積極的にかかわるほうではない。

そういう彼女だから、親しくつきあっていられる。

——その由佳の耳にまで入ったってことは……

ただ仕事のやりとりをしていただけで、それなりの噂になる。

ひとえに、蓮生敦貴という人物がこの会社で有名なせいだと花楓は思った。

「やりあったっていうか、蓮生が三月の領収書を持ってきたんだよ」

「あー、なるほどね」

友人は、察しがいい。今の説明だけでわかってくれるところが、由佳の頭の良さだ。

五年もずっと花楓の愚痴を聞いていれば、『蓮生』と『領収書』の組み合わせがどれほど相性の悪い話題か想像がつくのかもしれない。

スプーンでハンバーグと目玉焼きをぐいと切り分ける。

社員食堂で食べるときに、フォークとナイフは必要ない。

「蓮生も、妙に花楓に突っかかるからね」

「それ！　気のせいじゃなく、わたしを狙って集中攻撃してるよね？」

「あー、そう感じちゃうか。まあ、そのあたりはちょっと同情もしなくはないんだけど」

「同情って、わたしに？」

由佳は肯定も否定もせず、定食の浅漬を口に運んだ。

「実際、ふたりってつきあってはないんだよね？」

「うん。まったく」

「今さら難しいってことか」

由佳の言葉に、花楓はかすかに首を傾《かし》げる。

今さらというのは、どういう意味だろう。別に、昔も今も敦貴とつきあう予定はない。

——蓮生が社内恋愛しない主義なのはさておき、あれだけモテる人がわたしとどうこうなるとは思えない。

「花楓、かわいいのに蓮生との噂があると社内じゃ恋愛とか無理だろうし」

「……かわいいかどうかはわからないけど、そうだね」

花楓だってまったく女性としてモテないわけではない。

新人のころは誘われることもあった。

小柄で顔が小さく、ぱっちりした目にサラサラのセミロング。

あまり派手なメイクもネイルもしないけれど、肌がきめ細かく色白なのでファンデを薄塗りするだけでじゅうぶんメイク感が出る。

——でも、蓮生の真似《まね》じゃないけど、わたしも社内恋愛はちょっと……。まあ、だから今の状況は便利だなと思うところもあるんだけど。

「あ、経理部の桑原さんだ」

聞き覚えのある声に、ぴくりと耳が反応した。

今日、領収書を持ってきた企画部の荒見だろう。

「あの桑原さん？　どの人？」

「あそこの窓際の、ハンバーグ食べてる人」

「へえー」

——う、何を食べているかなんて、気にしないでよ！

「すげー怖い人なんでしょ？」

「って聞いてたけど、実際は優しかったよ」

その言葉に、思わずぱっと顔を上げた。もちろん、由佳にも同じ会話が聞こえている。

「や、でもあの蓮生さんの彼女なんでしょ」

「それ、俺も聞いたことある。喧嘩《けんか》するほど仲が良いって」

荒見たちの一団が離れていったのか、声が遠ざかってそのあとは聞き取れない。

「絶賛、勘違いされてるね」

「ほんとにね……」

由佳の言葉に、力のない返事をしてから考える。

あの桑原さん。

あの蓮生さん。

それぞれの『あの』が指し示すものが違いすぎて、花楓はうつむいてもそもそと目玉焼きの黄身を口に運んだ。

——怖くて有名な桑原さんと、営業成績トップで顔がよくて老若男女にモテる蓮生さん、ってね。はいはい、つきあってないけどつきあってるって誤解されるのは慣れてますよ。なんなら、似合わないと言われるところまでセットでね！

ざしゅ、と力強くハンバーグを突き刺して、大きな塊を口に頬張《ほおば》る。

「そんな急いで食べなくたって、誰も桑原のハンバーグを盗《と》らないぞ」

急に頭上から声が降ってきて、怪訝《けげん》な目を向ける。声だけで、誰かわかってしまった。

急いで口の中のものを飲み込むと、花楓は敦貴を睨みつけた。

「別に盗まれないようにしてるわけじゃないから」

「へえ。だったら、いっそ盗んでやればよかった？」

「それより、ほかに未提出の領収書はありませんか？　どうせありますよね？」

「さすが、俺のことよくわかってる」

食べ終えたトレーを手に、敦貴が笑った。

——あるならさっさと出しなさいよね！

それにしても、いつ見ても敦貴はきれいな体つきをしている。

主にパソコンと向き合う業務内容の花楓と、外回りで客先を飛び回っている敦貴の、筋肉量の差は大きい。

——スーツの上からでも、スタイルがいいんだろうなってすぐわかる。

敦貴は細身だ。

だが、ただ痩せているのではなくあきらかに引き締まっている。

仕事で出歩くことが多いからといって、この体型を維持できるとは思えないので、おそらく適切な運動をしているのだろう。

それにくらべて花楓は、会社と自宅マンションの往復ぐらいしか体を動かしていない。

——筋トレ、すべき？

自分の手首をじっと見つめていると、由佳が口を開いた。

「お疲れさま、蓮生」

「おー、お疲れ。相模、この前はありがとう」

システム開発とシステム営業、由佳と敦貴は仕事上のやり取りがあるらしい。花楓たちの同期は、横のつながりが強い。体育会系のノリで、今もたいてい名字の呼び捨てで呼び合っている。

「で、この経理の鬼はなんでこんなイラッとしてんの？」

「蓮生と花楓がつきあってるって誤解されてるせいじゃないかな」

「あー、なるほど、ね」

何がどう「なるほど」なのかはわからないが、どうとでもとれる返事で敦貴が小さく笑った。

「あのね、わたしはわりと困ってるんだからね」

——蓮生とつきあってると勘違いされて。勘違いされつづけて！

切実な花楓の声に、彼が憮然《ぶぜん》と眉根を寄せる。

「なんで？」

「なんでって……」

「悪い虫が寄ってこなくていいだろ」

さも当然とばかりに答えられると、彼のほうが正しいような気がしてしまうが、そうではない。

「悪い虫どころか、いい虫だって寄ってこないよ」

「だったら俺にしておけば？」

「噂を事実にする必要はないでしょ」

「みんなが喜ぶ」

「わたしの人生で遊ばないで！」

実際、女性社員には羨ましがられ、男性社員からは彼氏持ちの扱いをされる。

つきあっていないと何度言っても、「そういうことにしておくよ」と言われる花楓の立場とはいったいなんだろうか。

二十七歳。

まだ結婚を焦る年齢ではない。

とはいえ、そろそろその手の話が気になる妙齢というのも事実で。

考え込んでいると、由佳が「そうだ！」と口を開く。

「社内が駄目なら、一緒にマッチングアプリでもやる？」

予想外の方向からパンチをくらった、ような気がした。

「マッチングアプリ……。考えもしなかった」

——そっか。そういうのもアリなんだ！

「桑原には向いてないだろ」

ぐい、と敦貴が話題に食い込んでくる。

まだ試してもいないものを向いていないと言われて、少しムッとする気持ちがある。

たしかに敦貴なら、マッチングアプリに登録した瞬間にいいねが山ほどつくのだろう。

「向いてないかどうか、やってみないとわからないでしょ」

「やらなくたってわかる」

「だったら、試してみる！」

「は？」

「わたしの自由でしょ」

「やる必要ない」

次第にヒートアップしていくふたりの声に、由佳がコホンと咳払《せきばら》いをひとつ。

「はい、ふたりとも落ち着いて。周りがびっくりするよ」

気づけば、いつの間にか花楓は立ち上がっていた。

周囲の社員たちがサッと目をそらす。それでも耳はそばだてているのが感じられた。

――マッチングアプリをやると、大声で喧伝《けんでん》するわたし……。

「ほら、あのふたりでしょ。有名なケンカップルって」

「彼女のほうが浮気するって言ってるの？」

聞こえてきた声に、心の中で弁明する。

――つきあってないし、浮気でもないんです！

もちろん、花楓の叫びは誰にも届かないのだけれど――

・・・・・・┃・・・・・・・┃・・・・・・

三鷹《みたか》駅から徒歩十五分の自宅マンションに帰るころには、靴のつま先がストッキングまでぐっしょりと濡《ぬ》れていた。これだから、梅雨《つゆ》は好きじゃない。

「エアコン、エアコン……」

玄関でストッキングを脱いで、花楓はエアコンのリモコンを手にする。帰宅直後の部屋は、じっとりと暑い。窓を開けても風の通らないこの季節は、冷房が命綱だ。

「ふー、暑い！」

薄手のジャケットを脱いで、ブラウスの裾をスカートから出し、実家だったらだらしないと怒られそうな格好でベッドに腰を下ろす。

正面の姿見に、自分の姿が映っていた。

少し伸びた黒髪は、毛先が鎖骨まで届くほどになっている。そろそろサロンの予約をしないといけない。

子どものころ、花楓は美容室が苦手だった。親密ではない相手に、髪や肩、耳や首に触れられるのがどうしても慣れなかったせいだ。

あれはたしか、小学校三年生のとき。

美容室に行くのを渋っていたら、ずいぶん髪が伸びてしまった。

『かえちゃん、お母さんから聞いたけど、美容室が嫌いなんだって？』

声をかけてくれたのは祖母だ。

『おばあちゃんは、美容室大好きよ。髪の毛を切るって、古い自分を脱ぎ捨てるみたいだと思わない？』

『それに髪の毛をきれいにしていると、自分を少し好きになれるよ。嫌なことがあっても、悲しいことがあっても、毎日鏡の前で髪をとかすでしょう？　そのときに、くしゃくしゃで切れ毛だらけの髪より、サラサラの艶のある髪のほうが嬉しくなるの。自分って、悪くないじゃない。魅力的なんじゃない、ってね』

あのころは、言われた意味をわかっていなかった。

ただ、大好きな祖母がそう言うのなら、美容室に行こうと思った。

大人になって、祖母の言葉がじわりと胸にしみる。

ドラマティックな人生を送っていなくても、毎日は少しずつ心を疲弊させる。

その中で、朝、鏡を覗《のぞ》き込《こ》んだとき、髪がきれいだと気分が上がることを花楓は実感していた。

だから、毎月かならずサロンに行く。

ボーナスの時期には、普段は躊躇《ちゅうちょ》する高級なトリートメントも追加する。ささやかな贅沢《ぜいたく》だ。

——そういえば、今日、おばあちゃんのことを思い出した。

花楓は、大学を卒業するまで実家で暮らしていた。

今のマンションに引っ越してきたのは、就職が決まってからだ。それまでは、頻繁に実家の傍の祖母の家に出入りしていた。

両親が共働きだったため、幼いころは祖母との思い出が多い。

習いごとの送り迎えは祖母がしてくれた。授業参観にも祖母が来てくれたし、友だちとけんかして落ち込んでいたときに慰めてくれたのも祖母だった。

土日には、祖母の好きな歌舞伎のＤＶＤを一緒に観《み》て、中学生になってからは一緒に歌舞伎座に行くこともあった。

花楓は、父方の祖父と会ったことがない。

生まれる十年前に、祖父は病気で亡くなったと聞いている。

早くに夫を亡くした祖母は、四十を過ぎて日舞を始めた。もともと舞台や演芸が好きだったので、時間ができたらやってみたいと思っていたのだという。

近年は日本刺繍《ししゅう》や三味線の教室にも通う、行動的で明るく元気な祖母は花楓の憧れでもあった。

――最近、ぜんぜん会いに行けてなかった。

祖母は花楓が高校生のころにはすでにスマートフォンを持っていて、メッセージアプリも難なく使いこなす。

なので、いつも近況のやり取りはしているし、たまにビデオ通話で顔も見ている。

それでも、やはり直接会うのとは違う。

だから、普段は月に一度を目処《めど》に祖母に会いに行っていた。

「二月からずっと忙しかったから、二、三、四、五、六、七……半年くらいおばあちゃんに会ってない」

年度末、新人研修、上半期決算。

毎年、加瀬部ITソリューションの経理部は二月から七月が繁忙期だ。

今年は比較的スムーズに上半期の決算作業が終わっているので、顧問会計士にすべて資料は提出済みである。

——週末、おばあちゃん予定あるかな。

早速祖母にメッセージを送ると、すぐに既読がついた。

『週末、待ってるよ。かえちゃんの好きな嘉珠屋《かずや》のお団子買っておくわね』

昔から、祖母と花楓のお気に入りの嘉珠屋は、都内に複数の店舗がある名の知れた和菓子店だ。

花楓が特に好きなのは焼き団子。団子の表面に醤油《しょうゆ》を塗って焼いた上に、仕上げに柚子《ゆず》入りの七味唐辛子《とうがらし》を軽く振ったものである。

久しぶりにあの焼き団子を食べられると思うと、胃がぐう、と小さな鳴き声をあげた。

——夕飯、どうしよう。冷凍してあるカレーでいいかな。

脱いだストッキングを洗濯機に入れて、冷凍庫から取り出したカレーをレンジにかける。

週末、祖母に何を土産に買っていくかを考えながら、やっと涼しくなってきた部屋で大きく息を吸った。

・・・・・━・・・・・・━・・・・・

「かえちゃん、お見合いしてみない？」

週末に祖母の家で大好きな団子を食べていた花楓は、手にしたみたらし団子の串を落としそうになる。

焼き団子も好きだが、みたらしも二番目のお気に入りだ。醤油系の味付けが好みである。

「え、おばあちゃん、今、なんて？」

「お見合いよ、お見合い。実はね、おばあちゃんの観劇友だちに、嘉珠屋の社長さんがいてね」

今食べている団子も嘉珠屋の商品だ。その会社の、社長。

「かえちゃんが嘉珠屋のお団子が大好きって、以前に話したことがあったの。そうしたら、お孫さんとお見合いしてみないかって」

「えーと、嘉珠屋の息子さん……じゃなくて、お孫さん？　和菓子職人とか？」

突然の縁談に動揺しつつ、相手がどんな人なのかは気になる。

和菓子職人と結婚したら、きっとたくさん試食させてもらえて、まるまると太る未来が見えた。

「あら、そうじゃないのよ。息子さんはそもそも嘉珠屋で働いていないんですって。お孫さんも普通に別の会社で働いているらしいんだけど、それがかえちゃんと同じ芝公園の近くなの」

港区は広い。芝公園付近といっても、相手の会社がわかるわけでもない。

——でも、マッチングアプリよりは現実的なのかな。

正直、花楓はまだ結婚を自分のこととして考えられていない。

社会人になってから、恋愛すらしてきていないのに、いきなりお見合いというのはハードルが高すぎはしまいか。

「あまり堅苦しく考えなくていいと先方はおっしゃってるの。お孫さん、お仕事が忙しいらしくてね。なかなか人と知り合う機会がないんですって。かえちゃんもそうでしょう？」

「それはそう、かも」

「すぐに結婚って話ではないみたいよ。それに、今のお見合いは当事者同士で会って、お食事する気軽なものなんでしょう？」

「うーん……」

串に残っていた団子を頰張《ほお》り、花楓は自分に問いかけた。

——おばあちゃんのお友だちのお孫さんなら、ヘンな人ではないはず。とりあえず会うだけってことなら……？

マッチングアプリを使おうとしただけで、浮気と言われる社内のことを考えると、いっそお見合いで相手を見つけて「蓮生とはつきあってません！」ときっぱり言ってやりたい気持ちもある。

実際にほかの相手がいれば、周囲もさすがに納得してくれるはずだ。

――まあ、今までもっと強く反論していればよかったのかもしれないけど、会社で恋愛がどうこう言うのも大人げないから。

考えごとをしながら味わう団子だけれど、相変わらずおいしい。

踏み出さなければ、現状は変わらないのだ。

きっかけは、なんだっていい。

このまま、敦貴とつきあっていると思われていては、いつまでたっても恋人なんてできそうにない。

――社内で見つけなくたっていいけど、そもそも出会いがないのは事実だ。

結婚がどう、出会いがどう、というのはまだピンとこないけれど、漠然と胸に巣くう焦燥感に気づいている。

それは、今の毎日への不満ではなく、将来のビジョンを描けていないせいかもしれない。

だとしたら、自分から動いてみようか。

お茶をひと口飲んで、花楓は姿勢を正す。

「わかった。じゃあ、とりあえず会ってみる」

「そう来なくちゃ。せっかくだから、お見合いに着ていくお洋服を買ってあげましょうね」

「えっ、いいよいいよ、そんな」

「若い子が遠慮なんてしなくていいの。おばあちゃんは、かわいい孫とお買い物に行くのが楽しいんだから」

「じゃあ、お言葉に甘えちゃおうかなあ」

「ふふ、嬉しいわ。かえちゃんとお買い物、久しぶりね。ほら、次のお団子に手を出してないで、準備してちょうだい」

「今すぐ？」

「そうよ。善は急げって言うでしょう？」

名残惜しい気持ちで団子を見つめつつ、花楓は椅子から立ち上がった。

週末、空は晴れ渡り、梅雨の終わりを感じさせる。

祖母とふたりで銀座のデパートに出かけ、自分では手が出ないようなセットアップを買ってもらった。

夏色の新しい服は、花楓に元気をくれる。

この服を着て出かけることを考えると、お見合いだって楽しい気がしてきた。

相手はどんな人なのだろう。

嘉珠屋の和菓子みたいな人だろうか。

――いい人だったらいいな。

そう思ったとき、なぜか脳裏に敦貴の皮肉げな笑顔が浮かんだ。

・・・・・・┃・・・・・・・・・┃・・・・・・

サロンの予約をした水曜日、梅雨の終わりの最後の雨が降る朝に、経理部のある五階フロアのエアコンが故障した。

急遽《きゅうきょ》、ビル内で余っている扇風機をかき集めたものの、フロアは地獄の湿度に襲われている。

いつもはブランケットを愛用している花楓だが、今日ばかりはそうもいかない。

伸びた髪がうなじにかかるのも鬱陶しくて、バレッタでひとつにまとめる。

――暑い。じめじめする。はあ……

不快指数が高いせいで同僚たちも心持ちピリピリしているようだ。

こんな日は早く仕事を終えて、冷房のきいた部屋で冷たいビールを飲みたい。

平日だけど、今日は発泡酒ではなくいいビールを買って帰ろう。

――あ、ダメだ。帰りにサロン行くんだった。じゃあ、今日はひとりで外食しちゃおうかな。

三鷹《みたか》駅の近くには、女性ひとりで入りやすいバルがいくつもある。クラフトビールの飲める店がいい。

以前行ったバルは、甘い糖衣の上からスパイスを利かせたナッツのアペタイザーがおいしかった。

今夜はそこに行こうと決めて、タオルハンカチで軽くひたいを拭う。職場で汗をかくことが珍しい。

「すみません、システム営業部の小山《こやま》と言います。桑原さんはいらっしゃいますか？」

「はい」

立っていたのは、見覚えのない男性だ。年齢は花楓と同じか、少し若いか。

「桑原です」

席を立つと、スカートの裾が膝裏にまとわりつく。

忌々しい湿度に、何食わぬ顔で脚を動かし、スカートを直した。

「六月分の領収書を持ってきました」

「システム営業部の、小山さんですね」

「五月に中途採用で配属になりました」

だから見覚えがなかったのだ。

敦貴のいる部署ということもあって、システム営業部の社員は大半を覚えている。

名前がわからなくとも、顔は知っていた。

「確認するので少し待ってください」

渡された領収書は、リストまで添えてある。とても丁寧な提出をする人だ。

ありがたい気持ちで、リストとの対応を確認していく。

「あの、桑原さん」

「はい？」

呼びかけに顔を上げると、小山が神妙な顔でこちらを見ていた。

――なんだろう。わたし、何かおかしいことをした？

スカートの裾がめくれているとか、あるいはファスナーかボタンが開いているとか。

相手に気づかれないよう、軽くスカートのホック付近を指先で確認する。ホックは留まっているし、ファスナーも閉めてある。胸元のボタンも開いていない。

「俺、実は桑原さんのことを前に見てから、いいなって思ってたんです」

「…………はい？」

ゆうに五秒は間をおいた。

突然すぎる発言に、どう対応していいのかわからない。

怪訝な表情に、相手も気づいたのだろう。

「いや、待ってください」

焦った小山が、右手のひらをこちらに向けてきた。

「すみません、蓮生さんとつきあってるのは知ってます。ただ、仕事をテキパキこなして、凛《りん》とした女性だなって憧れる気持ちというか！　ふたりの邪魔がしたいわけじゃないんです」

「待ってください。わたし、別に……」

——蓮生とはつきあってない！

社内恋愛に積極的な気持ちはなかった。

というより、どうあがいても社内で花楓にそういう意味で声をかけてくる男性なんていなかった。

それもこれも、敦貴の彼女だと勘違いされているせいだ。

「いいんです。つきあっていることは、内緒にしておきたいんですよね」

「違います」

ここではっきりと否定したら、小山が周囲に「あのふたりつきあってないらしいよ」と話を回してくれるかもしれない。

小さな期待を胸に、花楓は意気込んで真実を語ろうとしたのだが——

「いいなって思ってたけど、俺にも彼女ができて」

「あ、はい。えっと、おめでとうございます……？」

「だからなんだって話ですよね。いや、ここ最近、蓮生さん心配してたので」

——何を？

「噂で聞いたんですけど、桑原さんがマッチングアプリで浮気しようとしてる、とか……」

「してませんっ！」

マッチングアプリも、浮気も。

なんなら、恋人だっていない。

――中途採用で入社したばかりの人にまで、わたしがマッチングアプリを愛用してると誤解されてるってどういうことよ！

さすがに、そんなことで有名になるのはイヤすぎる。

マッチングアプリを悪いと思っているわけではないけれど、男漁《あさ》りをしていると思われて嬉しいわけもあるまい。

「そっか。そうですよね。蓮生さんみたいな彼氏さんがいて、浮気なんてするわけないか。はは、やっぱり俺なんて最初から対象外だったなあ……」

どこを最初と言うのかわからないが、すでにここまでの会話の流れで花楓にとって小山は『思い込みの激しい勘違いタイプ』に分類されている。

そういう意味では、この会社の多くの社員がそうだ。

――え、何？　うちの会社ってヤバいの？

問題はどちらかというと、周囲を勘違いさせて、花楓の反論も届かないほど信じさせてしまう、蓮生敦貴の人たらしぶりなのかもしれない。

「領収書の件は、よろしいんですか？」

「あっ、つい余計なことばかり話してしまいました。すみません」

手元の領収書をまとめ、受領書に署名をしてもらう。

いつもの手順をこなしている間に、苛立つ気持ちが胸に渦《うず》を巻く。

――わたしがマッチングアプリをやったら、何か悪いの？　社内でケンカップル扱いされて、このままいつまで？　どうにかして自分で対策しないといけないってこと？

「ありがとうございました。よろしくお願いします」

「お疲れさまです」

形式的な挨拶ののち、小山が経理部を去っていく。

そのうしろ姿を見送って、花楓はひとつの答えに思い至った。

――いっそ、ほんとうにマッチングアプリでパートナーを探してやろうかしら。

こう見えて、花楓は虫除《むしよ》けではなく人間の女性なのだ。

敦貴がそれを理解しているかどうかはさておき。

社内恋愛はしないモットーを普段から堂々と口にする敦貴だが、それでも女性たちから寄ってこられる。

同期の飲み会で、そのことをネタにされていた。

あまりにモテると、それを喜ぶでも当惑するでもなく、面倒になるらしいというのは敦貴を見ていて知ったことだ。

――だったら、社外に彼女がいるって言えばいいじゃない。わたしに彼女役をやらせたいなら、直接それを相談してきたっていい。まあ、その場合は当然断るけど！

そもそも相手が花楓である必要すらない。

敦貴に男性として興味を持っていない人がいいなら、由佳だって夏海だっていいだろうに。

はあ、とため息をつきながら席に戻る。

自分が困っていることを、脳内だけとはいえ友人や後輩に押しつけるような考えを持ってしまった。

そのことに、失望する。

自分への失望は、むなしい。

今夜のサロンの予約も、クラフトビールを飲みに行こうという気持ちも、いまやしぼんだ風船のようになってしまった。

——なんにせよ、蓮生がわたしにマッチングアプリを使ってほしくないんだなってことはわかった。

蓮生敦貴が、浮気されている。

そう思われるのが屈辱なのかもしれないし、偽装彼女の存在が揺らいでしまうのが不便なのかもしれない。

理由はどうあれ、彼はその状況を望ましくないと思っている。

「あー、なんだかなあ……」

小さく小さくひとりごちたけれど、隣の席の夏海はくるっと花楓に顔を向けた。

「先輩、眉間」

「え？」

「シワ、寄ってます。危険ですよ。そのまま固まっちゃったらどうするんですか。はい、笑顔笑顔」

夏海が、自身の眉間を指でほぐす素振りをして、にっと笑う。

「夏海ちゃんって、いつも平和だよね」

「はい。世界平和って大事ですよ。ラブアンドピース！」

「よし、わたしの眉間の平和のために」

「その意気です」

人差し指で眉間をすりすり撫でて、花楓は仕事に戻る。

勤務時間中にすべきことは、何はさておき仕事だった。

・……|……・……|……・

「桑原、今日はひとり？」

昼休みの社員食堂で席を探していると、敦貴が声をかけてくる。彼のいるフロアは冷房問題もないのだろう。涼やかな表情に、いつもの長めの髪をラフに撫でつけたスタイルで、軽く右手を挙げていた。

「ひとりです。お疲れさまでです。領収書の提出、忘れずにお願いします。それでは失礼します」

ひと息で言い切ると、あえて彼の座るテーブルは避けてほかに空席を見つけた。

午前中、エアコンなしの蒸した環境で働きづめ、勝手に憧れられて勝手に諦められるという微妙にセンシティブで面倒な会話のあとである。

敦貴に対して、態度が悪くなるのも仕方ない。

こんな日に限って、由佳は緊急対応で社外に出ている。

開発者が客先に行って作業をするのは、たまにあることだ。

「すげーいい態度じゃん？」

とん、と目の前の空席に食べかけのラーメンセットがトレイごと置かれる。

「お心あたりは？」

顔を上げず、花楓はスプーンを手にした。今日のランチは、十倍激辛カレーライスを選んだ。

「まったくない」

「でしょうね」

――どうせ、蓮生にとってわたしはただの虫除けですから！

いただきます、と口の中で唱えて、スプーンでカレーを口に運ぶ。

どうせ、今日はエアコンの故障で汗ばんでいる。追加で汗をかいたところで、大差ない。

「……っ、辛《から》……！」

想像以上の辛さに、慌てて水に手を伸ばす。

すると、プラスチックのグラスをつかんだ花楓の手を、その上から敦貴が包み込んできた。

「な、なに……？」

「辛いときに水を飲むともっと辛くなる。甘いものを飲むのがいいらしいぞ」

そういう理由か。

水を飲むのを止めようとしていたなら、そう言ってくれればいいのに。

——急に手をつかまれるから、びっくりした。ていうか、まだ放してくれないけど……

彼の手は、手のひらが少し硬い。

考えてみれば、こんなふうに敦貴に触れられたのは初めてではないだろうか。

「蓮生、手を」

「甘い飲み物買ってきてやるよ。ミルクティー飲めるよな？」

「え、あ、うん」

反射的にうなずいてから、自分で買いに行くと言うより早く、彼は席を立って自販機に向かう。

——親切ではある。別に嫌なやつじゃないのは、知ってるよ。

実際、敦貴は顔がいいだけでモテているわけではない。

仕事もできるし、無愛想ではあるけれど人としても話しやすくて、おもしろい。

営業職で業績を上げているのは、彼の人間力も関係しているのだろう。

――違う出会い方だったら、わたしだってもっと違う態度で蓮生に接していたと思う。

だが、彼は恋愛対象ではない。

領収書の整理すらできないだらしない男性は、花楓の好みではないのだ。

――だから、蓮生のことなんて。蓮生のことなんて……っ！

カレーの辛さだけが理由ではなく、頬が熱くなっているのを感じた。

――手、大きかったな。

花楓の手を包み込んで、まだ余裕がありそうな長い指。そういえば、敦貴はきれいな手をしている。

彼につかまれた手を、まじまじと見つめて。

まだ敦貴のぬくもりが残っているような気がして、心がくすぐったい。

美容師に髪をさわられるのすら得意ではないのに、ただの同期に手を握られてこんな気分になるのはどうしてだろう。

――自分のラーメンがのびるの、気にしないの？

長い脚で颯爽《さっそう》と戻ってくる敦貴が、手にしたミルクティーのペットボトルを見えるよう高く掲げた。こういうところが、きっと彼のモテる理由だ。

「ほい」

「ありがとう」

キャップを開けて、ひと口飲む。

普段、あまり花楓は甘い飲み物を買わない。飲み慣れていないのもあって、とても甘く感じた。

「激辛カレーを食べるなら、甘い飲み物は必須だからな」

気難しい顔をして、語る内容は妙に所帯じみている。

「蓮生って、ヘンなところで博識だよね」

「ヘンなところは余計だ」

「でも、ありがとう」

「さっきも礼なら言われたけど」

しつこいと言いたげな彼の、ぶっきらぼうな優しさを花楓は知っている。

自分の食事が冷めるのを気にせず、わざわざミルクティーを買いに行ってくれるのは誰の目にもわかる優しい行動だ。

――それをひけらかさないところが蓮生のいいところ。こういうの、すごいなって思う。

「ラーメンのびちゃったでしょ」

「そんなに気にするほどじゃない」

そう言って、彼は箸をつかむ。花楓もスプーンを持つ。

「あとで、お金払うね」

「別にいい。同期からぼったくるほど、俺だって金に困ってない」

「……どうして、支払うってなると定価より高く払ってもらおうとするのかな」

「体で払ってくれるってこと？」

「蓮生、令和ってセクハラにけっこう厳しいの知ってる？」

それぞれ質問を投げかけておきながら、どちらも答えは口にしない。

食事どき、人間の口は会話よりも食事のために存在する。

「でも、やっぱりありがとう」

「三回目」

くっくっと笑って、敦貴が「しつこいよ？」と目を細めた。

――同期としても同僚としても、いい人なんだよね。ケンカップルというよくわからないレッテルさえ貼られなければ！

・……|……・……|……・

本格的な梅雨明けを迎え、東京都内は一気に夏になる。

五階のエアコンも無事に修理が終わり、経理部に平和が訪れた。会計士から、決算処理に関するチェックバックが届き、確認作業も終わりに近づいた七月三週目の金曜日。

今日の業務が終わり、花楓はいつもより早足で自社ビルを出ようとしていた。

それというのも、ついに明日はお見合いの日なのである。

祖母の知り合いの孫相手で、特別気負うものでもないとわかっているが、お見合いなんてそうそう機会のあることではない。

——あれ？　そういえば、待ち合わせ場所と時間は聞いたけど、わたし、お相手の写真も名前も知らない。

エントランスホールで足を止め、花楓はスマホのメッセージ履歴を確認する。

やはり、見合い相手の個人情報については何も祖母から言われていない。

『おばあちゃん、明日お見合いなんだけど、お相手のお名前と連絡先ってわかる？』

メッセージを送ると、いつもどおりすぐに既読がつく。祖母は、メールを放置しない性格だ。

『ラウンジに嘉珠屋の名前で予約してあるそうよ。テーブルで初めて相手を知るのも楽しいでしょ』

「楽しい、かなぁ……？」

スマホに向かって首を傾げる。

なんにせよ、これ以上は情報を出してくれないのはわかった。

祖母は、サプライズも大好きなのである。

——お店も時間も予約の名前もわかってるんだから、たぶん無事に会えるだろうけど。

今夜はシャワーのあとに、高級フェイスマスクで肌を整える予定だ。

楽しみにしているつもりはないが、高級ホテルのラウンジを指定されている。祖母の買ってくれた新しい服で出かけるからには、自分のコンディションもなるべくよくしておきたい。

スマホをバッグにしまうと、突然バラララララッとマシンガンのような音が聞こえてきた。

もちろん、実際にマシンガンの音を聞いたことなどありはしない。あくまで、映画やドラマの記憶である。

「うわ、ゲリラ豪雨だ」

男性の声が聞こえて、ビルの外に目を向ける。

アスファルトに激しい雨が降り注ぎ、バチバチと音を立てて水が跳ね返っているではないか。

――えっ、傘持ってたっけ？

慌ててバッグの中を漁るけれど、昨晩「もう梅雨が明けたからいっか」と折り畳み傘を抜いた記憶がある。案の定、傘はなかった。

さて、どうしようか。

駅までは、徒歩十分ほど。

走って走れない距離ではないけれど、濡れるのは目に見えている。

そのまま電車に乗るのはさすがにつらい。

――近くのコンビニまで、走って一分。信号で引っかからなければ、もう少し早いかな。

おとなしく雨がやむのを待つのがいいかもしれないと思ったとき、

「もしかして、傘ない？」

「蓮生」

昼に続いて敦貴と遭遇してしまった。

「まあ、ない。置き傘も、折り畳み傘もないから、どうしようかなって思ってたところ」

わざわざ声をかけてくれたのは、敦貴が傘を二本持っているからかもしれない。そんな甘い期待をした。

「仲間。俺も持ってない」

「……期待して損した」

「なんだよ。タクシー呼んだから乗せてやろうと思ったのに」

彼はスマホの画面をこちらに向けてくる。タクシーアプリの『到着まで約五分』という文字が表示されていた。

「えっ、蓮生サマ、ありがとう！」

「調子いいやつ」

さすがに会社の前にタクシーを横付けするのは気が引けたのか、敦貴は向かいのコーヒーショップの軒先で待つという。ありがたく同行させてもらい、ふと思い出した。

「蓮生、のど渇いてない？」

「唐突だな。ちなみに渇いていない」

「そうですか」

「そーですよ」

そっけないやりとりにも聞こえるが、それなりにつきあいの長い同期なんてこんなものだ。

特に敦貴は、口が回るわりにあまりテンションの高いほうでもない。

肩と髪の雨粒をタオルで拭いていると、タクシーがやってきた。

「ん」

一音を添えて、敦貴が脱いだスーツのジャケットを花楓の頭上に広げる。

「えっ、いいよ。ジャケット濡れる」

「もう濡れてる。さっさと乗って。車のシート濡らすと悪いだろ」

タクシーに乗る間のほんの二、三歩を彼は花楓が濡れないよう、傘代わりに上着を使ってくれているのだ。

「……そんなに優しくしても、誰も見てないよ」

「かわいくないこと言うじゃん。俺は、誰かに見せるための行動なんてしない」

後部座席に乗り込むと、敦貴が「三鷹まで」と告げた。

――え？　なんで？

動揺が顔に出ていたのだろう。

「同期の最寄り駅くらい、知っていておかしくないだろ」

「おかしくない、かなぁ……？」

右手で濡れた前髪をかき上げる彼の頬を、雨のしずくが滑り落ちた。

――きれい。

美しい顎のラインにそって、水滴が顎へと伝う。

ただそれだけのことなのに、息を呑《の》むほどに印象的な光景だった。

「俺に見とれてる？」

前を向いたまま、目線だけこちらに向けた敦貴が口角で笑む。

「み、見とれてないよ」

「でも実は？」

「実はちょっとだけ……って、何言わせるのよ！」

「言ったのそっちじゃん」

シートベルトを胸に食い込ませて、敦貴が体を折って肩を震わせた。

そんなに笑うことでもあるまいに。

「あー、桑原はノリがいい」

言われるほど、自分がノリのいいタイプだとは思えなかった。

「だとしたら、蓮生の口がうまいせいじゃない？」

「なるほど。俺にだけ特別ってことね」

「違いますっ」

タクシーの車内でまで、会社でのケンカップルっぽい会話をしてしまい、花楓は唇をとがらせてシートに体を深くあずけた。

「もう、こういうのだよ。このせいで、ケンカップルなんて思われるんだよ」

「別に困ることないだろ」

「困る。このままじゃ、彼氏もできない」

「俺がいなくても、彼氏ができるとは限らないんじゃないか？」

うんざりするほど、的を射た言葉だ。

「……悔しいけど、それはそう」

はー、と思い切りため息をついて、次に吸った空気は雨の匂いがしている。

——蓮生、ワイシャツも濡れてるんだ。わたしのせい。

肌に張りつく白い布地が、彼の隆起した筋肉を妙に艶《なま》めかしく見せた。

「だから、そんなに見とれるなって」

その後、しばらくの沈黙が続いた。隣に座る彼の気配が、妙に近く感じる。

車内に薄く漂う雨の香りと、次第に暗くなっていく空が、ふたりの口を重くした。

——こういうとき、何を話したらいいんだろう。蓮生とこんなにふたりきりで過ごしたことなんてないから、わからなくなる。

脚の脇に置いた左手に、かすかなぬくもりが触れた。

ぴく、と体がこわばる。

――指、が。

左手の小指に、彼の右手の小指がぴたりとくっついている。

ぶつかったのではなく、意図的だ。それが証拠に、敦貴は手の位置をずらそうとしない。

「あの、蓮生」

「ん？」

――どうして、って聞けばいいだけなのに。

「……なんでもない」

「あっそ」

でも、まったくなんでもなくなんかない。気になって仕方ない。

――え、でも蓮生は気にしていないから、やっぱりこれは偶然なの？　それとも、わたしを緊張させて遊んでる!?　ひそかに、わたしの様子を観察していたり……？

動揺しているのを見せたくなくて、花楓はそっと彼の横顔を盗み見る。

敦貴は――少し緊張した面持ちで、まっすぐ前を向いていた。

それでいっそうわからなくなる。この指一本分の密着に、なんの意味があるのか。

ぐるぐる考えているうちに、タクシーが三鷹駅の近くにやってきた。雨はとうにやんでいる。

「あ、お金払う」

「いい。俺、先月も営業賞もらったから」

「でも」

「だったら、コーヒーでも飲ませてくれる？」

——さっきは、のど渇いていないって言ってたよね。あ、今じゃなく、今度ってことか。

「うん」

「えっ？」

うなずいた花楓に、敦貴が目を瞠《みは》った。

そんなに驚かれることだろうか。

今日はペットボトルもおごってもらってしまったし、そのくらいのお返しはする。

「来週、コーヒーおごるね」

「あー……、なるほど、そういう意味ね。ま、桑原だもんな」

「んん？」

「いや、なんでもない。道、こっちでいいのか？」

「あ、その先を左折したところで停《と》めてください」

結局、マンションのすぐそばまで送ってもらってしまった。助かったけれど、運賃が気になる。

今、払うと言ったところで敦貴はきっと受け取らない。

――今度、同期の飲み会のときにでも蓮生の分をこっそり先に払っておこう。

「ありがとう、蓮生。気をつけて帰ってね」

「タクシーに乗ってるだけの俺に、いったい何を気をつけろと？」

「かわいくない言い方」

あえて彼の言ったことを真似すると、相手もすぐにわかったらしく片頬だけで皮肉げな笑みを浮かべる。

「お疲れ」

「お疲れさま。また来週」

「んー、また、もしかしたら明日くらいに」

「え？」

彼は返事をせず、運転手に「行ってください」と声をかけた。

――明日？　なんで？　意味なんてないの？

自宅マンションについて、ストッキングを脱ぐ。

洗濯機の前で、花楓は左手の小指をそっと撫でてみた。

まだ、そこに彼の熱が残っている気がして。

ブブ、ブブ、とバッグに入れたままのスマホがメッセージの受信を知らせる。

『かえちゃん、明日はお見合いだから早く寝るのよ』

『寝坊しないようにね』

祖母からのメッセージに、思わず頬が緩む。まだ二十時前だ。早寝にしても、早すぎるだろう。

『わかった。明日は失礼のないよう気をつけます』

返信すると、がんばれのスタンプが返ってきた。

「さて、多少気合いを入れてがんばりますか」

洗面所で伸びをした花楓の心には、まだ敦貴が居座っていた。

・・・・・・━・・・・・・・・・━・・・・・・

地下鉄銀座《ぎんざ》線の溜池山王《ためいけさんのう》駅を出て、花楓は日傘を広げる。

土曜日の赤坂《あかさか》は、明るい日差しに満ちていた。

七月も終わりに近づき、夏の装いで歩く人が多い。

いつもは仕事用の比較的シンプルなビジネスカジュアルを選ぶ花楓だが、今日は違う。

おろしたてのセットアップは、ノースリーブのニットとオパール加工のチュールスカート。白い上下に合わせて、細いストラップの白いパンプスを履いてきた。

――化粧のノリもいい。ピアスもおばあちゃんがくれたパールのお気に入り！

鏡を覗《のぞ》くとき、髪をきちんとしていると自分を好きになれるという祖母の教えは、髪だけではなくメイクに服、アクセも同様だ。コーデが決まると、自分に自信が持てる。

日傘をさして約束のホテルラウンジに到着すると、花楓は教えられたとおり「嘉珠屋で予約しています」と伝えた。

案内された席には、まだ相手の姿はない。

それもそのはず、約束の時間より十分も早く到着してしまった。

どんな人が来るのか、今になって緊張してくる。なにしろ、名前も釣書もないどころか、年齢すら知らないのだから。

――でも、おばあちゃんのお友だちのお孫さんなら、きっといい人なんじゃないかな。和菓子屋さんで育ってるから、甘いものが好きで目尻の下がった優しい感じの男の人……

トロピカルアイスティーを注文し、生演奏のピアノに耳を傾ける。

日常からかけ離れた優雅な昼前、快適な空調に気持ちがリラックスしていくのが感じられた。

「お待たせしました」

「あ、はい！」

男性の声に、慌てて立ち上がる。

「……え…………？」

――どうして蓮生がここにいるの!?

意味がわからず、花楓は二度三度と瞬《まばた》きを繰り返した。

「あの、えっと、何かの偶然……？」

「じゃないだろうな」

「まさか、嘉珠屋の御曹司って、蓮生なの？」

「そうだよ。不満か？」

「不満に決まってるでしょ！」

「は？　なんでだよ」

「……あのね、言いたくないけど、蓮生がモテるのは知ってるよ。話していていい人だとは思う。あ、書類整理ができないところは別としてね？　ただ、あくまで同期として、同僚として！　わたしにとって、蓮生は絶対彼氏にしたくない人なの。わかる？」

「なるほど？」

——雑な返事！

「てことは、彼氏にしたくないけど結婚してもいいってことだろ」

「そんなこと言ってない！」

「ま、とりあえずお見合いなんだから、最初から可能性を否定しないで前向きに行こう」

はあああ、と長いため息をついた花楓の目に、夏らしい彼の姿が映る。

仕事中とは印象の違う、ダークブルーのスーツ姿。けれど、片頬だけ歪める皮肉げな笑い方は敦貴らしくもある。

信じられないけれど、ほんとうに彼が嘉珠屋の御曹司らしい。

奇《く》しくも昨日の、「もしかしたら明日くらいに」が現実になってしまった。

「外、暑いな。桑原、日焼け大丈夫？」

「日傘で来たから」

ソファに座った敦貴は、ホールスタッフにアイスコーヒーを注文する。

スーツと同じ青系のネクタイは、光の当たる角度によって刺繍の色味が変わって見えた。偏光素材を使っているのかもしれない。

ホテルラウンジに気負う様子もなく、彼は軽く脚を組んだ。

ラグジュアリーなホテルだって、嘉珠屋の御曹司なら慣れていて当たり前なのだろう。

そう思うと、勝手に感慨深い気持ちになる。

「いいなあ……」

——蓮生は、子どものころから嘉珠屋の和菓子を食べて育ったんだ。羨ましいな。

あまりに動揺が過ぎて、思考がバグっている。今、そんなことはどうでもいい。

「何が『いいな』？　俺のこと？」

「ある意味、そう。わたしの大好きな焼き団子は、蓮生の実家で作られていたんだなと思って」

「あの、醤油味《しょうゆあじ》の」

「子どものころから、あのお団子が大好きなんだよね」

「俺も」

「えっ、ほんとうに？」

「うちの店で、いちばん好きなのがあの焼き団子な」

「わかる……！」

同じものを好きというのは、それだけで相手に対してよい印象を抱く。

まして、もともと敦貴がいい同期だということは知っているのだ。

ふたりは、お見合いそっちのけで団子トークに盛り上がった。

「――桑原がそんなに嘉珠屋を好きだったとはね。もっと早く知っていればよかった」

「どうして？　お団子、割引で売ってくれるとか？」

「孫権限で、食べ放題させてやるよ」

「！　そ、そんなの太るじゃない……」

「って、言いながら、団子の口になっている桑原でした」

――完全に、見透かされてる！

だが、花楓も同じことを思っていた。

もっと早く、敦貴が嘉珠屋の孫であることを知っていたら――いや、それは抜きにしても焼き団子好きと知っていたら。

「ケンカップル扱いは、相変わらずだったかな」

「ん？」

「あ、なんでもない。それより、蓮生がお見合いなんて思いもしなかった。お互いさまかもしれないけどね」

トロピカルアイスティーのグラスについた水滴が、つうと流れていく。

気づけば、ラウンジについてから三十分以上が過ぎていた。

「桑原こそ、マッチングアプリはやめたんだな」

「その話、まだ引っ張る？」

もともと、別にマッチングアプリがやりたかったわけではない。

「あれだって、蓮生のせいだからね」

「俺のせい。なるほど？」

おそらく自分のせいとは思っていない返答だ。

「まあ、全部蓮生が悪いってわけじゃないんだけど。それもわかってるんだけど！」

「いいよ。俺のせいで」

「え？」

「俺が責任とればいいってだけだろ？」

——なんの責任を、どうとるの？

意味がわからなすぎて、花楓は言葉に詰まる。

たぶん、心のどこかで察するものがあった。だから、詳しく確認できない。

そんな花楓の戸惑いを、敦貴はいつもの片頬だけの笑顔で飛び越えてしまう。

「俺と結婚すれば、問題解決だ」

「なっ……⁉」

——先日の、冗談の続き？

驚愕《きょうがく》にこわばった手が、テーブルの上のグラスに当たる。細長く、美しいフォルムのグラスがかすかに揺らぎ、それを敦貴がぱっとつかんだ。

「危ない。せっかくきれいな服を着てきたのに、こぼしたらシミになるぞ」

「あ、ありがとう……」

彼のせいで動揺し、彼のおかげでセットアップが守られる。

なんとも奇妙な状況に、花楓は耳が熱くなるのを覚えた。

——待って。これは、お見合い相手がわたしだったせいで、諦めて結婚しようとしてる？　それとも、いつもみたいにからかってるの？

考えたところで、答えは出ない。

ならば、当人に確認すればいいだけの話だ。

「一応聞くんだけど、蓮生は結婚したいの？」

「………」

無言で、じっとこちらを見つめてくる敦貴の圧に、花楓は言葉を続けた。

「だとしたら、相手がわたしで困ってるでしょ。おじいさまに言って、会社の知り合いがお見合い相手だったから、仕切り直してもらえるようお願いしたら？」

「それじゃ駄目なんだよ」

アイスコーヒーを飲み終えて、彼は空のグラスをテーブルに置く。

グラスの中の氷が、澄んだ音を立てた。

「桑原じゃなきゃ意味がない」

「……どうして？」

花楓にはわからないが、彼にとって何かしら『誰でもいい』とは違う理由があるのだろうか。

だとしたら、これまで迷惑をかけられた身としては、その説明を聞きたい気持ちがあった。

「俺は、桑原のことが好きだから」

まっすぐにこちらを見つめる彼を前に、花楓は眉間にしわを寄せた。

「なっ……、本気で告白しているのにその態度はどうなんだ？」

「ねえ、蓮生。このタイミングで、その告白。ありえないと思わない？　いや、思うでしょ。いくらわたしだって、騙されないからね」

「………」

――好きだって言えば、わたしがほだされるとでも思った？　さすがに、そこまで甘くない！

数秒の沈黙に、焦ったらこっちの負けだ。

きっと彼は花楓が慌てたら、ニヤリと笑う。

「あー、さすがに無理だったか」

口を開いた彼が、前髪をかき上げて目を眇《すが》めた。

――ほら、ね。

「じゃあ、ほんとうのこと言うんだけどさ」

「うん」

「うちの母親、俺が子どものころに事故で亡くなったんだ」

「そう、なんだ」

先ほどまでとは違う、真剣な声音だった。

これはほんとうのことなのだと、花楓は姿勢を正す。

初めて聞く、彼の話。

「だから、俺は幼少期のほとんどを祖父母の家で過ごした。父親は嘉珠屋を継ぐ気がなくて、自分で会社を起こしてる」

――理由は違うけど、わたしもおばあちゃんに育ててもらった。

彼の家庭環境に自分との共通点を感じて、他人ごとに思えなくなる。

「祖父は祖父で嘉珠屋の仕事があったから、祖母がいつも俺の面倒を見てくれたんだ」

「うん」

わかる、と言いたい気持ちを呑《の》み込《こ》んだ。

「だけど、祖母が入院中でさ。俺の将来のことを心配してる」

「え……？」

胸がずき、と痛くなる。

もし自分の祖母が同じ状況になったなら——そう考えただけで、苦しい。

「祖父にこの見合いをセッティングしてもらったのも、俺が結婚したら祖母が安心すると思ってのことなんだ」

「それは……そうだよね。きっと、おばあさまは安心されると思う」

うんうん、とうなずく花楓に「だろ？」と敦貴が席を立った。

「とりあえず、鉄板焼《てっぱんやき》の予約してあるから行こう」

「え、あ、うん」

——この話の流れで、食事に行く？

予約しているからには、行かないという選択肢がないのかもしれない。

飲み終わらないままのトロピカルアイスティーを残して、花楓は椅子から立ち上がった。

ホテルの二階にあるレストランは、ゆったりと広い。

天井が高く、落ち着いたブラウン系で統一されたインテリアが大人の上品な空気を作っている。

案内されたのは、一階のラウンジがガラス越しに見下ろせるテーブル席だった。

先ほどのラウンジで話していた見合い関連の話題はなく、ふたりは熟成牛に舌鼓を打つ。脂が甘く、舌の上でとけていく。

もともと花楓は、あまりステーキが得意ではなかった。

ハンバーグは好きなのだが、塊肉を焼いたものがどうにも好みではないのだ。

けれど、それはほんとうにおいしいステーキを食べたことがなかったからなのかもしれない、と思うほど味も香りも違っている。

「桑原、ハンバーグじゃなくてよかった？」

鉄板焼の店には、ハンバーグもある。

球体に成形したものを、焼きながら潰すのが人気商品らしい。

「どうして、ハンバーグ？」

「好きだろ。よく食べてる」

「……そうかな」

「自覚ないの？」

「ある」

ぷは、と敦貴が笑う。

間接照明のほんのりオレンジがかった空間では、彼の笑顔がいつもよりやわらかく見える。

それとも、完全にプライベートだからだろうか。

いや、おいしいものを食べている最中だからかもしれない。

「それで、見合いの話に戻るんだけど」

フォークとナイフを置いた彼が、おもむろに口を開く。

——戻るんだ？

「俺としては、桑原じゃなきゃ意味がないんだ」

「またその話？」

「そう。その話。もう、ごまかしたくない」

「何を？」

花楓は、最後のひときれの『三十日間ドライエイジング骨付きリブアイステーキ』を口に運ぶ。

大仰な説明のついたメニューにふさわしい、風味豊かな牛肉を咀嚼《そしゃく》し、彼の言葉の続きを待った。

「……好きだ」

「あのね、さすがにわたしだって怒るよ？」

すべった冗談を二度繰り返されて、笑ってあげる余裕なんてない。

そもそも、ほんとうに彼が花楓を好きだったら――

――好きだったら？　今までの蓮生の態度って、どう解釈したらいいのよ。

「さっきから、俺の言ってることは全部真実だ。母のことも、祖母のことも、それから桑原を好きだってことも」

「…………」

彼の目は、あまりに真剣だった。

からかっているのではなく、ほんとうに花楓を好きでたまらないとその瞳が訴えている。

「で、でも、社内恋愛はしないんでしょ？」

「そのときは、本気でそう思ってた。だけど、桑原のことを好きになって、こっちを向いてほしくて必死だった」

「必死って……」

「俺の発言が理由で、桑原は俺を異性として見てなかっただろ」

それはそのとおり。

花楓は素直にうなずいた。

「あとになって桑原のことをいいなと思っても、俺にはチャンスがなかった。だから――」

小さく間をとって、敦貴が気まずそうに続ける。

「領収書をため込んだら、こっちを向いてくれないかなと」

「ええっ？　気を引くために、領収書⁉」

「なんだよ。それしか思いつかなかったんだから仕方ないだろ」

稀代《きたい》の人たらしで、老若男女を問わず誰からも好かれる蓮生敦貴が、今まで見たことのない表情で拗《す》ねたようにそっぽを向く。

——嘘《うそ》でしょ。そんな不器用な蓮生なんてありえない。

「結果として、ますます桑原に地雷認定されてるのも気づいてたけど、もう引くに引けないところまで俺の気持ちは来てる」

「え、あ、はい」

「なあ、わかってる？　俺は、桑原のことが好きでたまらないって言ってるんだけど」

——おばあさまのために、婚約者を連れていきたい。だからお見合いをしたって流れだよね。だったら……

「だから、俺と結婚してほしい」

——いきなり、プロポーズ⁉

「あ、いや、違うな」

——違った！

「結婚を前提につきあってほしいってことだ」

「な……そ、それ、あまり違わないんじゃ……？」

二転三転する自分の感情に、花楓は振り回されている。

正しくは、敦貴に翻弄されているのだが。

「違うだろ。ただ結婚してほしいんじゃなく、まずは交際から始めましょうって言ってるんだから」

最終的な目標が結婚という同じゴールなのが問題なのだが、敦貴は憮然とした表情で「ぜんぜん違う」と言う。

「わたしの気持ちは!?」

「俺を好きになってください」

テーブルにつきそうなほど、敦貴が頭を下げる。

ここまで来ると、さすがに彼が自分をからかっているなんて思えない。

「だ、だから、わたしにとって蓮生はナシで……」

——だって、結婚って好きな人とするものでしょ！　それでいうと、結婚を前提につきあうのだって、相手を好きになれそうだから成立するんじゃないの!?

「挽回《ばんかい》する機会がほしい。仏の顔も三度までって言うだろ？　俺にもチャンスをください」

花楓は仏ではないし、そもそもこういう場面で使うことわざでもないような気がする。

「……せめて、俺のことを少しでも男として見てくれるだけでいい」

顔を上げた彼は、ひどくせつなげに微笑《ほほえ》んだ。

――そんな顔、しないでよ。いつもの偉そうで傍若無人な蓮生がいい。そうじゃないと、わたしが苦しめてるみたいに思えてくるじゃない。

だが、実際そうなのかもしれない。

告白すらふざけていると、最初から決めつけた。

彼の気持ちを考えもしなかった。

ここまで切実に言わせてしまったのは、花楓のせいで間違いない。

「それすら、無理？」

「無理っていうか……」

――急すぎる！

これまでのお互いの関係を思えば、あまりに想定外な告白だ。

そもそも、いつから好きでいてくれたのかすらわからない。

だからといって、そんなことを尋ねたら彼に興味があるように思われてしまいそうで。

ふと気づく。

興味がありそう？

――わたしは、蓮生に興味が……あるかないかと問われたら……

答えはもうわかってしまった。

「桑原？」

黙り込んだ花楓に、敦貴がらしくない不安げな声で呼びかけてくる。

――興味が、あるんだ。

「なっ、なんでもない。あの、無理っていうか、ほら、ね！」

意味のないつなぎの言葉を口にしながら、わたわたと両手を動かす。

異性として、見ていないわけではなかった。

彼だけはナシだと自分に言い聞かせていた部分だってあったに違いない。

誰だって、蓮生敦貴に惹《ひ》かれてしまう。

彼はそういう人物なのだ。

動揺をごまかそうと、ワイングラスに手を伸ばす。

しかし、爪がカツッとグラスに当たって――

「あっ！」

危ないと思う間もなく、グラスはテーブルの上で倒れた。

赤いワインが、みるみるうちに膝の上のナプキンにしみていく。

「服が」

慌てて立ち上がると、すでにナプキンを貫通して白いスカートにこぶし大のシミが広がっていた。

「お客さま、大丈夫ですか？　お怪我《けが》はありませんか？」

「大丈夫です。ごめんなさい、汚してしまって……」

ホールスタッフが温かいウェットタオルでスカートを叩《たた》いてくれる。ありがたいけれど、なんともいたたまれない気持ちになった。

――やらかしてしまった……

「ごめん、蓮生」

「いや」

しかし、敦貴は自分の席から立ち上がり、スーツのジャケットを脱いだ。

「桑原、これ着て」

彼のジャケットを背後から差し出され、促されるまま袖を通す。長身の敦貴の上着は、花楓が切るとミニ丈のワンピースほどの長さがある。

「え、あ、ありがとう……？」

「デザートはまた今度にしよう。――ごちそうさま、おいしかったです」

後半はホールスタッフに向けて告げると、彼は花楓のバッグを持って背を軽く押す。

食事はここで切り上げるという意味だろう。

「ほんとうにすみません。ごちそうさまでした」

「ありがとうございます」

にこやかなスタッフに見送られ、レストランの出入り口へ向かいながら、敦貴の顔を見上げた。

「蓮生、お会計は？」

「カードで済ませてある」

——いつの間に!?

想像以上のスマートな行動に、呆気《あっけ》にとられる。

これは営業のテクニックなのだろうか。それとも、敦貴が特別なのか。

「上着、ごめん。それと、食事も途中で切り上げたみたいになっちゃって」

「さっきも言っただろ。また今度食べに来ればいいさ」

「うん。それで、どうしてエレベーターに乗るの？」

レストランを出て、左手にあるエレベーターの上行きボタンを敦貴が押す。

「その格好のままじゃ帰りにくいだろ」

「それはそうだけど」

「こういうホテルには、クリーニングのエクスプレスサービスがある。じいさんが部屋をとってくれてるんだ。二時間もあれば、きれいになって戻ってくるから安心しな？」

リン、と高い音がなって、エレベーターのドアが開いた。

——つまり、客室に行って服を脱ぎ、二時間も蓮生とふたりきりで過ごすってこと!?

つい先ほど、告白してきた相手とふたりでホテルの客室へ行く。

その意味について考えずにはいられない。

さして恋愛経験があるほうではないけれど、一般的な知識も常識もある。二十七歳にもなって、なかったらまずい危機感だ。

別に、敦貴を疑っているわけではない。

部屋だって、きっと彼の祖父がよかれと思ってとってくれたものだ。

少なくとも、既成事実を作るための客室ではないわけで。

——既成事実って、何考えてるの、わたし！

「そんなに警戒しなくても、いきなり押し倒すほど野獣じゃないって」

小さく笑った敦貴が、野獣と呼ぶには美しすぎる表情を向けてきた。

「な、何言ってるの⁉」

「そういう心配、してるだろ。顔に出てる」

肩をすくめる彼に、何もかも見透かされているのが悔しくて、花楓はさっとエレベーターに乗り込んだ。

「蓮生がそんなことするなんて思ってないから。わたしたち、ただの同僚でしょ」

「同僚だからって油断するのはよくないと思うけどな」

操作盤にルームキーをタッチして、彼が行き先階を選ぶ。

偶然にも、ほかの利用者はいない。

エレベーターの中でふたりきりだと、沈黙が妙に重くのしかかってくる。

——タクシーのときもそうだった。会社なら、いくらでも普通に話せるのに。場所が変わると、緊張しちゃうのってなんでだろう。

特に、意識しはじめるとしていなかったころに戻れないもので。

平常心を心がけようと思えば思うほど、敦貴を気にしてしまうのはどうにもならない。

今だけは、社内でのケンカっぽい雰囲気が懐かしくなる。

エレベーターをおりて、客室に入ると、小さく息を吐く。

同じ密閉空間でも、エレベーターより広いおかげで少し気持ちも変わる気がした。

「桑原、これ」

クローゼットを開けて、敦貴がバスローブを差し出してくれる。着替えて、クリーニングに出せということだろう。

「ありがとう。着替えてくる」

「手伝ってやろうか？」

「！　結構ですっ」

バンッと音を立ててバスルームのスライドドアを閉める。その向こうで、敦貴がくっくっと笑っている声が聞こえてきた。

「……わたしのこと、からかってるでしょ」

ドアに背中をつけて、バスローブを胸に抱きしめたまま尋ねる。やけに心拍が速い。

「別に？　からかってほしいなら協力するけど」

「ほしくないっ」

「そっちこそ、俺のこと男だと思ってないんじゃないの」

——また、さっきの話に戻るの？

男性として意識しているかどうかという話ならば、彼のカテゴリはもっと別にある。

最初から恋愛対象ではなく『同期』というフォルダにしまわれているのだ。

正しくは、花楓が自分でそうカテゴライズした。

書類整理が苦手らしい彼のことを、結婚相手としてはナシだけどいい同期、いい同僚と認識してきた。

「蓮生が社内屈指のモテ男子だってことはわかってるよ」

「その言い方な。モテ男子とか、意味わかんねーし」

顔が見えなくても、どんな表情をしているのか想像できた。

きっと今、敦貴は口をへの字にして、眉を歪めている。そのくせ、目だけはちょっと笑っているのだろう。

「じゃあ、なんて言うの？」

「そんなことより、着替えたのか？」

「あ、まだだった」

「早くしないと、セクハラするぞー」

「……なんの予告？」

「セクハラ予告でしょ」

どうでもいいことで笑い合って、ニットを脱ぐ。

よく見れば、スカートだけではなくニットのほうにも飛沫《しぶき》が散っていた。

――おばあちゃん、せっかく買ってくれたのにごめん。

上下どちらも脱ぎ、吐息まじりに軽くたたむ。

急いでバスローブを着ると、脱いだ衣服を手にスライドドアを開けた。

「！」

目の前に敦貴が立っていて、思わず息を呑む。ぶつかりそうな距離だ。

「な、なんでこんなドアの真ん前に立ってるの」

「桑原が逃げ出さないように？」

疑問形で答えられて、こちらも首を傾げる気持ちになる。

さすがに、この格好で逃げ出すほど花楓も考えなしではない。

そもそも逃げる気だったら、部屋までついてこなければいいだけの話だ。

「コンシェルジュに電話しておいたから、取りに来るって」

「ありがとう」

手早い対応は、営業ならではの手腕か。

ずっとドアの前にいたように思うけれど、花楓が気づかないうちに手配しておいてくれたらしい。

「これで、二時間はここから逃げられないな」

「……蓮生はどこの悪役なの」

無事、ホテルスタッフに衣服を引き渡し、ふたりは客室の丸テーブルを挟んで椅子に座る。

バスローブにストッキングという、なんとも奇妙な格好の花楓は肩にかかる髪を払って頬杖《ほおづえ》をついた。

「それ」

「うん？」

「さすがに目のやり場にこまるけど」

顔をそむけた敦貴が、指だけで花楓の胸元を示す。

「中にキャミソール着てるよ」

「それでも、油断するなって！」

珍しく強い口調で言われて、椅子に座り直した。

「蓮生」

「あん？」

「かわいいところ、あるんだね」

「押し倒されたいのか……？」

「ちっ、違う！　そんなわけないっ」

顔の前でぶんぶんと手を横に振る花楓を見て、彼が口元に笑みを浮かべる。

こういうとき、敦貴の皮肉げな笑みは威力を増す。

「まあ、そのくらい油断してくれているほうがこっちもやりやすいよ」

――何をやる気なの!?

おののいたのが伝わったのか、敦貴が「今じゃなくて」と前置きした。

「一応、俺はさっきから言ってるとおり、桑原のことが好きだ」

「う、うん……」

「それと、祖母が入院しているのは嘘じゃない」

「そう、なんだ」

祖母思いの部分は、共感できる。

花楓だって、もしも祖母が具合を悪くして「かえちゃんの結婚式が見たい」なんて言われたら、きっとなんとかできないか考えるだろう。

たとえば彼の提案が、祖母を安心させたいから恋人のふりをしてほしい、というものならば、もしかしたら検討したかもしれない。

——好き、って。今日だけで何度言われただろう。

恋愛対象外のはずの彼を、こんなに意識してしまう自分が悔しい。

結局、敦貴は魅力的な男性だということを再認識させられるばかりだ。

「でも、いきなり結婚前提なんて言われてもすぐ返事はできないよ」

「俺を男として見られないから？」

「う……」

敦貴が男性だということは、別に言われなくともわかっている。

同期だから、彼は社内恋愛に興味がないから、と理由があって、恋愛対象外というラベルを貼っている状態だ。

それを剥《は》がせば。

——生理的にムリということもないし、なんなら好みの顔はしているわけで……

「いやいやいや、ないから！」

受け入れてしまいそうな自分の思考を強引に打ち消し、花楓は首を横に振った。

「そこまで言われるほど？」

「え、別に蓮生が悪いって意味じゃなくてね？」

「俺が悪くないのは知ってる」

自信過剰と言ってやりたいところだが、彼には自信に見合う実力がある。

――こういう場合は、なんて言うのがいいんだろう。

少し考えてから、花楓は口を開いた。

「あの、どうしてわたしなのか、聞いてもいい？」

もともとそういう目で見られていないだろうと思っていたから、彼の気持ちが知りたい。

だけど、聞いたら理由によってほだされる自分もわかっている。

――わたしは、蓮生とどうなりたいの？　どうにかなる気が、もしかしてあるの？

自分への問いかけは答えがないまま、ぐるぐると胸の中で疑問符だけが回り続けていた。

「それは、俺に興味を持ってくれたって思っていい？」

「えっ、や、待って、そうじゃなくて」

涼やかな表情で、なんとも意味有りげな目をして。

蓮生敦貴が微笑んだ。

「俺が桑原のことを好きってのは、信じてくれたんだよな？」

「え、あ、うん」

そこから否定していたら、話は堂々巡りだ。

こんなに真摯に伝えてきてくれているのだから、彼の気持ちを疑う必要はない。

「だったら、お試しでいい。一カ月、いや、三カ月。俺の彼女になってよ、桑原」

「お試し、って……」

「どうして好きになったか、知りたいって思ってくれたんだろ？」

「それは、少しは気になる。今まで、ぜんぜんそんな素振りなかったし」

「俺も、ちゃんと伝えたい。だから、ここで数時間で語り尽くせない気持ちを知ろうとしてくれるなら、まずは三カ月、俺の彼女になって。きっとわかるよ。俺がどんなに桑原のことを好きか」

「う……」

客室のインターフォンが鳴る。

けれど、彼は立ち上がる気配がない。

花楓が立ち上がって、ドアを開ければいいだけの話だ。わかっている。

——だけど、目が離せない。

優しい目で、花楓を拘束する敦貴の視線から逃げられず、やけに喉が渇いていた。

「な、桑原」

柔らかな声で名前を呼ばれて、胸が高鳴る。

「俺の彼女になって？」

もう一度、インターフォンが鳴った。

そして、花楓が出した答えは——

第二章　お試し婚約者が甘すぎる！

——何年ぶりの彼氏だろう。

日曜日の夜、自室のベッドで仰向《あおむ》けになって花楓《かえで》は天井をじっと睨む。

結局、断りきれなかった。

あんなに真剣に想《おも》いを告げられて、心が揺らいでしまったのを否定できない。

——いや、彼氏って言っても、これはあくまでお試しなので！

誰に言い訳をしているのかといえば、もちろん自分に言い訳を繰り返している。

たぶん、心のどこかで思っているのだ。

きっと彼はすぐに自分では物足りなくなり、飽きてしまうだろう、と。

だからこそ、前もって「これはお試し交際である」と何度も言い聞かせる。

——終わりのある、関係。三カ月が過ぎて蓮生がわたしに飽きたときに、こっちだけ気持ちが残るのなんてイヤだ。

好きになりたくない。好きになったら、きっと最後に悲しむのは自分のほうだから。

考えたくなくて、花楓は目を閉じた。

エアコンの稼働音が室内を満たす。

どこかで蝉《せみ》が鳴いていた。

あるいは夢の中でも、蝉は鳴いているのかもしれない——

・・・・┃・・・・・・・・┃・・・・・

七月最後の金曜日は、朝から大忙しだった。

受領書を発行して受け取ったはずの領収書が、数枚紛失している事件が起こったせいである。

もちろん、領収書を失くしたのは花楓ではなかったのだが、部内での失《う》せ物を放置して自分の仕事だけをこなすわけにもいかない。

昼過ぎに、思いもよらないところから見つかったときには、経理部全員で安堵した。

ほっとしたのもつかの間、午前中に敦貴から届いていたメッセージに気づく。

『今日、帰りに飲みに行かない？』

短い一文には、お試し交際をすると決まってから一週間、いつもどおりの平日を過ごしてきた花楓を当惑させるだけの力があった。

——今までだったら、確実に断ってた。と思う。

それというのも、敦貴が異様にモテるからだ。

遅い昼食を買いにコンビニへ出かける花楓は、彼と初めて会った五年前のことを思い出す。


入社直後に行われた新人研修の席で、花楓はピッと背筋を伸ばして座っていた。

単純に緊張していたのもあるし、自分を鼓舞する意味も兼ね備えている。

背筋を伸ばしていると、いつもより遠くまで視界がひらけて感じた。

だからだろうか。

ひとりの男性に、皆の視線が集まっていることにも気づくことができたのは。

開始前から、誰もがその人物に目を向けていた。

かくいう花楓も、彼をひと目見た瞬間に、モデルみたいだと股下の長さに目を奪われたひとりである。

新入社員というからには、同い年か、せいぜい二、三歳上のはずだ。

けれど、彼ひとりだけ周囲とくらべて落ち着きがある。

瞬《まばた》きは上品で、所作が優雅で、何より顔が整っていた。皆が彼に注目するのも当然だろう。

「蓮生敦貴です。希望は営業職。えー、わりと見た目どおりの人間だと言われることが多いですが、自分ではあまりわかりません」

すらりと背の高い彼は、片頬に甘やかなのに皮肉げな、表現しがたい笑みを浮かべていた。

お世辞ではない笑い声が響き、敦貴が周囲の心をしっかりつかんでいるのも感じる。

彼は、自己紹介の最後に、

「職場は仕事をする場所だと思っています。なので、男性女性問わず、僕に個人的な恋愛感情は抱かないでもらえると助かります」

と、真顔で告げた。

そこでも二度目の笑いが起こっていたのだが、花楓は笑えなかった。

恋愛感情を抱かないでほしい。

それが冗談には聞こえなかった。

何より、敦貴は冗談めかしていなかったではないか。

——すごく、はっきりした人なんだな。

実際、とても顔のいい男性なので、モテて困ることもありそうだ。

花楓には経験のないことだが、自分の周りでいつも恋愛問題が起こっていたら、面倒だと思うのも当然だろう。

最初から、職場恋愛はしないと言い切ってくれているおかげで、無駄な火傷《やけど》も負わなくて済む。

これは、彼にとっても彼をいいなと思う人にとっても、大事な情報共有だ。

と、花楓は思ったのだが、誰もがそうではなかった。

休憩時間に化粧室へ行くと、洗面台の前に立つ女性ふたりが「いや、引くでしょー」と大きな声で顔をしかめている。

――ん？　何かあったのかな。

「お疲れさまです」

軽く声をかけて、花楓は個室に入った。

それでもふたりの会話は続いている。

「あー、引くのわかる。さすがにあれはどうなのって思ったよね」

「そうそう。いくらなんでも、自己評価高すぎる。こっちだって、別に職場で男漁りするつもりじゃないんで～」

「職場は仕事をする場所ですから～？」

聞いていてあまり気持ちのいい感じがない、おそらくは先ほどの敦貴の自己紹介を批判する会話だった。

個室を出て、手を洗う花楓にひとりが「桑原さんもそう思わない？」と声をかけてくる。

「えっと……」

「さっきの蓮生の自己紹介。何様って思ったでしょ？」

当時の花楓も、今と同じでおとなしそうな顔をしていた。それについては生まれつきだ。

だから、彼女たちは花楓が同意すると思ったのかもしれない。

「はっきりしているのは、いいことだと思う。前もって宣言することで、余計な火種を生まないから」

その答えに、女性ふたりが顔を見合わせた。

「あー、そうなんだ？　もしかして、ああいうのがタイプ？」

――どうしてそうなるかなあ。

ハンカチで手を拭きながら、ため息をつきたいのをこらえる。

考えが違う相手を、揶揄《やゆ》するのは花楓の流儀に反することだ。どうしてそう思うのか、と聞いてくれれば、互いの相違を理解しあえるのに。

「ぜんぜん。好みってことではないよ」

「え？　じゃあ、なんで？」

「うーん。学生のころ、わざわざお金を払ってもらって塾に通ってるのに、遊んで騒いでる子ってたまにいたでしょう？　本人たちは楽しいかもしれないけれど、勉強するために通っている子から見たらちょっと困る、みたいな」

たとえ話に、ふたりがぽかんとしている。

「さっきの蓮生さんにとっては、同じことなんじゃないかな。仕事をするための場所で、恋愛のいざこざは避けたいとか？」

勝手に彼のことを想像して話してはいるものの、花楓には恋愛トラブルがわりと無縁だった。

なので、あくまでこれは想像の話。

「だから、職場で恋愛はしないって言っておくのは、すっきりわかりやすくていいと思うよ」

「そ、そうなんだ」

「なんか、わかんないけど、まあ」

見るからに自己主張のなさそうな花楓の、言いたい放題の様子を見て、同期のふたりがそれこそ引いているのを感じる。

——あ、やりすぎた。

自分がたまに面倒なタイプであることを、花楓は今までの人生でよく知っている。

今回の場合も、実際に敦貴がそこまで考えているかどうかなんてわからない。あくまで花楓の想像、いや、妄想の話なのだから。

「はーい、わたしも今の意見に同意」

突然、個室のドアが開いて、別の女性が出てきた。

「人前であれだけきっぱり言うってことは、過去にトラブルがあったってことでしょ。せっかくイケメンがいたのに残念って気持ちもわかるけどね。ま、ハリネズミみたいなものだと思えばかわいいかな」

すっかり話を聞かれていたのに、なんだか気恥ずかしさを覚える。

——でも、蓮生さんがハリネズミ……

敵の攻撃が自分に届かないよう、先んじてトゲトゲの鎧《よろい》を準備する姿を想像したら、笑ってしまった。

「あはは、いいね、ハリネズミ。かわいい」

「でしょ。そう思うと、微笑ましいよね」

最初はちょっと険悪な空気だったほかの女性たちも打ち解けて、笑いながら化粧室を出る。

すると、男性社員の一団がじろりとこちらに目を向けて去っていった。その中には、敦貴もいた。

――ハリネズミの蓮生さんだ。

「ちなみに、ここのトイレって、わりと外に声が筒抜けだから気をつけてね」

「えっ⁉」

敦貴に対して、引くと言っていた女性たちが青ざめる。

彼女たちは、午後の研修で敦貴に平謝りしていた。特に対立する状況になるでもなく、敦貴も笑って「そんなふうに思われてたなんてショックだな」と流していたように覚えている。

あのとき、あとから会話に参加したのが今も親しくしている由佳だ。

由佳も花楓のことを覚えていてくれて、声をかけてくれた。

以来、未《いま》だにふたりでランチをとるほど仲良くしている。

そして、新人研修で社内恋愛お断りを宣言した敦貴の噂はまたたく間に社内を駆け巡った。

なんなら、その噂があっても彼は社内随一のモテ男子となったというところまでが事実である。

結局、敦貴が断固拒否したところで、相手が好きになってしまうのは仕方がないのだろう。

――お見合い以前なら、絶対に蓮生の誘いは断ってきたけど……

コンビニで買ったおにぎりとサラダの食事を終えて、花楓はスマホを手に取る。

社内ではつきあっていると認識される中、さらに周囲に誤解を招く行動はするべからず。

しかし、今のふたりは誤解ではなくお試し交際の真っ最中だ。

――さすがに、彼氏（仮）の誘いを断る理由はない。

『じゃあ、帰りに』

そっけない返事を送ると、すぐに既読がついた。

営業のエースは、ＳＮＳのチェックも早いらしい。

・……・……・……・……・

来週には八月が始まる。

そういえば、今年はまだビアガーデンに行っていなかった。

どこに行きたいか尋ねられて、花楓はそれを思い出す。

「ビアガーデンがいいかな」

「よかった。ちょうど、ビアガーデンがあるところを予約してる」

「えっ」

——じゃあ、違う回答だったらどうするつもりだったの？

「ちなみに、テラスでグランピングしながらビアガーデンだから」

グランピングとは、いわゆるおしゃれキャンプのようなものだと認識している。

キャンプというと大自然のイメージがあるけれど、ビアガーデンはそこにあまり混ぜられる印象がない。

つまり、花楓は何を言われているのかさっぱりわからなくなってしまった。

「ぜんぜんイメージできないんだけど」

「ん？　グランピングで、ビアガーデンだって」

新宿駅に向かうふたりの話題は、もっぱらこれから行く店の話だ。

「だから、グランピングって、キャンプだよね」

前に夏海から教えてもらった。

グラマラスなキャンピングで、グランピング。イギリスには多くグランピング施設があるのだとか。

具体的な意味を知らないまま、なんとなく『グランドキャンピング』の略でグランピングだと思っていた花楓は、グラマラスだと聞いて驚いたのを覚えている。

自分でテントを設営したり、火を起こしたりしなくていい、写真映えするステキなテントが準備された場所で、バーベキューをすることをグランピングだと思っていた。

なんなら、キャンプは宿泊が基本だけれど、グランピングは日帰りも珍しくないらしい。

――結局、グランピングって何？

「最近だと、室内のグランピングもあるんだよ」

「ええ……!?」

室内でグラマラスなキャンピング。

ひとつひとつの単語の意味はわかるのに、つなげられるとまったくイメージできなくなってしまう。

「でも、ビアガーデンは屋外だよね？」

「そうそう。だから、今日行く店はテラスにテントがあるはず」

「テラス？」

「屋上もあるらしいけど、テラスのほうが個室っぽくなってる」

謎めいた都心でのグランピングに、さらに個室という異なる印象を与える単語が追加された。

「うん。ぜんぜんわからないってことがわかった！」

「桑原、そういうところ、妙に諦めが早いな……」

そうこうしている間に、ふたりは目的の店にたどり着く。

グランピングダイニングと書かれた店の看板を前に、花楓の脳内にまたひとつクエスチョンマークが増えたのは言うまでもない。

店舗は裏通りにあって、新宿駅から徒歩十分と離れていないのに、敷地が広かった。

アーチ型の入り口から入って、散策路風に作られた石畳の小道を歩いて建物に向かう。

三階建てのビルは、二階と三階の窓がやけに大きく感じた。

それもそのはず、建物内に入ってわかったことだが、二階と三階は広いフロアにかわいらしいデザインのドームテントがいくつも配置され、空を見ながらテーブルで飲酒や食事ができるようになっている。

さらに三階の建物裏側にはテラスフロアがあり、パーティションで区切られた個室グランピングなるものが楽しめる作りだ。

屋上には大人数用のテントも用意されているらしく、都心でのグランピングはなかなか人気を博していることが伝わってくる。

敦貴の予約してくれていた個室グランピングの、自分たち用のテントにたどり着いて、花楓はほう、と息を吐いた。

「どう？　なんとなくわかった？」

「うん、ちょっとわかってきたかも。このテントが、わたしたちの使っていいテントなんだよね？」

テラス席を個室と称するのはどうなのかと思う気持ちもあるけれど、そんなことはどうでもいい。

——だって、これって一応わたしたちの初デートになるんだ。

恋愛関係ではないふたりのデートというのは、花楓にとっても人生初の体験である。

その相手が敦貴だなんて、妙な感じがした。

テラスフロアのドームテントは、透明な素材でできている。

ハニカム模様が薄く透けるテントの中に、小ぶりなソファベッドがふたつと雰囲気のあるランタン。

花楓が入ってみると、思ったよりも天井が高い。

見上げた空に、夏の星座が輝いていた。

「俺も入っていい？」

「えっ、い、いいけど……」

透明なテントということもあって閉塞感や密室感はあまりないが、敦貴とふたりでテントの中にいると思うと緊張する。

長身の彼が入ってくると、テントの天井が思った以上に低いことに気がつく。

花楓は少し膝と腰を曲げれば問題ないくらいだったが、敦貴だとそうはいかない。

「ちょっと、なんで笑ってるんだよ」

「だって、蓮生、頭つっかえてる」

「は？　テントが低いんだわ」

言いながら、敦貴も笑い出した。

一八〇センチを越えると、こういう弊害もある。

ふたりでそれぞれ、ソファベッドに腰を下ろした。ひとりでテントの中にいたときは、思ったよりも広く感じたけれど――

「近い、ね」

膝と膝が、ともすればぶつかりそうなほどの距離だ。

「そうか？　俺はもっと近くてもいいけど」

ふ、と彼が甘やかに目を細める。

その視線に、言外の何かが含まれているような気がして、花楓はむせそうになった。

「なっ、なんでっ……」

――何を考えてるの？

そう思った瞬間。

「桑原、なんかエッチなこと考えてない？　もしかして、俺のカラダ目当て？」

信じられない言葉が耳に飛び込んでくる。

「つっ……！　な、そんな、そんなわけ……っ」

「ははっ、焦ってるじゃん。もしかして、本気でそうだった？　なら、俺もやぶさかでないけど」

「ありえません！」

言い切って、さっさとテントから外に出る。

夏の夜風が頬を撫でた。

注文した生ビールが届き、ふたりは木製のテーブルに向き合って座る。

どこかから、バーベキューの香りがした。そういえば、屋上ではバーベキューができると聞いたはずだ。

「シュラスコって、わたしあんまり食べたことない」

「あ、そうなんだ。焼けた肉を店員さんが運んできてくれて、テーブルでカットしてくれるぜ。ほしいのだけもらえばいい」

「へえ」

「俺のおすすめは焼きパイナップル。桑原、きっと好きだと思う」

パイナップルを焼く。

そう聞いて、思わず目を瞠った。

「え、たぶん好き」

「だろ。ハワイっぽい食べ物とか、好きそうだもんな」

社員食堂で、毎年梅雨の時期にハワイアンフェアがあると、花楓はかならずフェアメニューを食べる。

――もしかして、知ってたの？

「さすが営業」

同期の好きな食べ物まで把握しているとは、恐れ入った。

「何が、営業？」

「わたしの好きなものまで覚えてるところ」

「それは、好きな子相手だからだろ」

「っっ……！　そ、そうですか。それはそれは……」

「照れてるとこもかわいい」

「うう、からかわないでよ！」

「からかってない。本気」

突然、恋愛モードで来られると、どうにも心拍数が上がってしまう。

今までだって、ケンカップル扱いをされるたび、敦貴は花楓と特別な関係にあるような匂わせ発言をしてきたではないか。

だが、明らかに違う。

彼の気持ちが自分に向けられていると知ってしまったあとだ。

――お試し彼氏に、いちいちドキドキしちゃう。慣れないと。

この手の発言は、彼にすればなんら珍しいことではなく、花楓を意識して見ていてくれたことを思えば普通なのかもしれない。

そう自分に言い聞かせ、花楓はビールのジョッキを持ち上げた。

「とりあえず、お疲れさま」

「おう、お疲れ」

ジョッキを合わせて、冷たいビールを喉に流し込む。

一週間の終わりに飲むビールは格別だ。生ビールなら、天国の味である。

──同期の飲み会くらいしか、蓮生と飲んだ記憶ってないけど……

ゴッゴッと勢いよくジョッキを半分以上飲み干して、敦貴が上唇を手の甲で拭う。

ただそれだけの仕草に、目を奪われてしまった。

今まで、男性として見ないよう、無意識に脳が働いていたのかもしれない。

彼が社内恋愛を拒んでいたことも理由のひとつだが、魅力的だと知っているからこそ、目をそらしていた。

──まるで、すっぱいブドウみたいに。

高いところになっている、おいしそうなブドウ。

手が届かないからこそ、あのブドウはすっぱいはずだと自分に言い聞かせて。

「！」

──それだと、わたしが蓮生に気があったみたいじゃない！　そんなことない。違う。ぜんぜん、違う！

自分の思考が恥ずかしくなって、花楓はブンブンと頭を振る。

「どーした？」

「どうもしないっ」

「ヘンなヤツ」

クックッと喉を鳴らして笑った彼が、テーブルの上の枝豆を口に入れた。

口元で枝豆の鞘《さや》を押しつぶし、形良い唇がそれを咥《くわ》える。

その姿を、花楓はつぶさに見つめていた。

あらためて、美しい男だと実感する。

入社初期は不機嫌そうで、何を考えているかわからないと思った気難しそうな眉も、今では見慣れたものだ。いっそ、その眉が表情豊かにすら思えてくる。

目を伏せると、睫《まつ》毛《げ》が意外に長いことにも気づいた。

頬に落ちる睫毛の影さえも、きれいで――

「なんだよ、急に黙って」

「なんでもない、けど」

――ただ、きれいだなって思っただけ。

「もしかして、シュラスコよりバーベキューがよかったとか？」

「ううん、シュラスコ楽しみだよ」

「だったらよかった」

破顔した敦貴を前に、きっと彼とこうしてシュラスコを食べたり、グランピングを楽しんだりした女性はたくさんいるのだろうと思う。

だからこそ、彼は店に詳しい。

営業職だから接待の店をいくつも知っているのは当然だが、少なくともグランピングダイニングはその範疇《はんちゅう》にない。

——誰かと、来たことがあるんだ。

そう考えたとき、花楓の口は、

「蓮生って、彼女はいなかったの？」

と、ほぼ無意識に言葉を紡いでいた。

「ひとりもいなかったわけじゃない。でも、まあここ数年はいないいな」

「ふうん、そうなんだ」

そっけないふりをしてみたものの、口元がかすかに緩む。

そういう意味で、彼が不誠実な人間だとは思わないので、今つきあっている相手がいないだろうことは予想できていた。

——数年いないってことは、このお店は彼女以外と来たってことになる。

それはそれで、少しばかりモヤモヤする気持ちになるだなんて、自分はどうしてしまったんだろう。

「そっちは？」

「ん？」

「彼氏はいなかったんですか、桑原サンは」

わざとらしい敬語に、花楓は唇をとがらせる。

「いたら、お見合いには行かないと思う」

「最後に彼氏いたの、いつ？」

「……学生のころ」

「へえ」

「なんか、微妙な返事」

「微妙じゃない返事って、どういう返事か教えてくれる？」

そう言われると、どう答えてほしかったのか自分でもわからない。

数秒考え込んだのち、

「へえ、そうなんだ、とか？」

と言って、大差ない回答をふたりで笑うことになった。

「蓮生って、こういうお店も来るんだね」

「どういう意味、それ」

「なんか、接待って料亭のイメージがあるから」

「それは決めに行くときだけで、普段はもっとリーズナブルな領収書も出してるだろ」

「んー、まあ、そうなんだけど」

「ここは、桑原が好きそうかなと思って選んだ。正直、自分で来たことない店だったし、ネットの評価頼りで決めたから気に入ってもらえて嬉しいよ」

「そ、そうなんだ？」

——わたしのために、選んでくれた……？

ほかの誰かと来たことがあるのかと思っていたが、それすら間違っていた。

悔しいけれど、心臓が高鳴る。別に、これはただの緊張で、と自分に言い訳をして、花楓はジョッキを持ち上げる。

「もちろん、そうだよ」

テーブルに頬杖をついて、敦貴がこちらを見上げてきた。

その表情があまりに魅力的で、これこそグラマラスだ、と花楓は思う。

グラマラスは、日本語に訳すと『魅力的な』という意味だ。

——あ、でも、グラマラスって主に女性に使うんだっけ？　だとしたら、グラマラスなキャンピングって一体……？

考えてもわからないことは、いったん考えることをやめるに限る。

目の前の敦貴のジョッキが空になっているのに気づいた。

「あっ、蓮生、ビールないね。注文しようか？」

「いい」

「でも」

「いいから、こっち向いて」

左手首をつかまれて、彼の触れている部分がジンと熱い。

夏だから暑いのは当然だが、それとは違う熱を覚えた。

じっと見つめられて、目をそらせない。

真顔だと鋭く見える目が、花楓を捕らえて離さないのだ。

——な、何、これ。なんの時間？

緊張に呼吸ができなくなり、息苦しくて目を伏せた。

敦貴のアーモンド型の目で見つめられると、鼓動がどんどん加速していく。

「はい、桑原の負け」

「今のって、勝負だったの!?」

「そう。ドキドキした？」

「し……」

してない、とは言えない。けれど、した、と言うのも何か違う気がして。

「それは秘密です」

右手の人差し指を立てて言うと、なぜか敦貴は笑い出す。

「そういうとこだよな。桑原のいいところ」

——今の、いったい何が気に入ったのかわからないけど。

彼が楽しそうなら、まあいい。一緒に飲んでいて、つまらないと言われるよりずっといい。

花楓はそういう言い訳をして、シュラスコの到着を待った。


夜の空気を震わせて、蝉たちがあちこちから鳴き声を響かせる。

三鷹駅を出てから数分。

いつもならひとりの帰り道を、今夜は敦貴と一緒に歩いていた。

「気にしなくていいのに」

ひとりで帰れるという意味で言うと、彼は長めの黒髪をかき上げて小さく笑った。

「まあ、俺もさ、ただの同僚なら気にしないよ」

「え、えっと」

——それは、わたしが今、一応お試し彼女みたいな立場だからってことだよね。

たしかに、恋人なら送ってくれるのも珍しいことではないのかもしれない。

けれど、名目上はそうであってもふたりの関係はただの同期といって相違ないわけで。

「桑原はもう、ただの同僚じゃないだろ。結婚前提の彼女」

「お試し期間だよね？」

――蓮生って、彼女にはすごく優しいんだろうなあ。

仕事中の彼は、女性社員に対してしっかりと距離を置くタイプだ。

彼自身、誤解を招く行動は慎んでいるのが、見ているこちらにもわかる。

だから、やはりとても彼女を大切にするのだろうと想像できた。

「だったら俺のこと、試してみる？」

隣を歩く彼の、かすかに甘い問いかけが鼓膜を震わせる。

もし、この問いかけに「うん」と答えたら、何かが変わるのは知っていた。

知っているけれど、本気なのか冗談なのかを声や空気から読み解けない。

――何より、わたしに覚悟がありません！

「何をどう試していいかわからないけど、紳士的に送ってくれたのは加点ね！　ありがとう！」

強引に話題を切り上げた花楓に、敦貴が小さく声をあげて笑った。

「なんだよそれ」

楽しそうな彼が、こちらを見下ろしてくる。

黒髪の向こうに夏の夜空が広がって、心のどこかを焦燥感がチクチク刺激していた。

マンションの手前まで送ってもらい、花楓は「またね」と右手を振る。

「じゃあな」

細長いシルエットが、星灯《あか》りの下を遠ざかっていく。

彼の足取りは軽い。いつもの、どこか薄く香る気怠《けだる》げな感じはどこにもなかった。

なんとなく見送っていると、敦貴がくるりと振り返る。

「そういえば、明日って暇？」

「うん、暇だよ」

前置きなく尋ねられて、反射的に答えた。

花楓の土曜日は、たいてい予定がない。

「じゃあ、十時に迎えにくる。きれいな格好しといて」

「え？」

「またなー。ちゃんと寝ろよ」

——迎えにくるって、何？

・……|……・……|……・

当日の誘いは、心の準備ができない。

だが、そのぶん勢いにまかせて案ずるより産むが易しで一歩踏み出すことができる。

反対に、前日の段階で誘われている場合は――

「何を着ていけばいいの……!?」

姿見の前で、花楓はひとりファッションショーを開催していた。

どこへ行くのか知っていれば、その場に合わせた服を選ぶこともできる。

夜の外出なら、特に比較的アクティブなコーデにする必要がないと判断も可能だ。

――でも、日中のお誘いって何？　何を着ていけばいいの？

デートから縁遠い人生を送っていると、誰かのために服を着る感覚がなくなっていく。

毎日の仕事で着る服は、それこそローテで回している。

季節と流行と清潔感を最低限守って、ビジネスカジュアルの範囲内で選べばいい。

だが、昼間のデート。これは、話が違ってくる。

おしゃれなカフェでお茶を飲むとか、一緒に美術館へ行くとか、そういう場合は花楓だって大人の清楚《せいそ》を取り入れる。

その場合、動きやすさやカジュアルを比較的捨てに行くわけだ。

いざ外出して、行き先が自然を楽しむアクティビティだったケースの対応は難しいだろう。

だからといって、あまりにシンプルな活動重視の服装を選んだ場合、ホテルのラウンジやレストランには入りにくくなってしまう。

朝から悩みつづけて、すでに二時間。

ベッドの上には、夏物の洋服が山と積まれていた。

――いっそのこと、どこに行くのか聞けばよかったかも。

約束の十時まであと三十分に迫っている。

今から急いで着替えて、メイクをすれば間に合う時間だけれど――

スマホを手に、トーク画面を開いた。

そこで、未読のメッセージがあったことに目を瞠る。

『車でそっちに向かってる』

『今日はミュージカルの予定。よろしく』

「つっ……、ミュージカル！」

一時間前のメッセージに気づかなかったのは、ひとえに花楓がファッションショーをしていたせいである。

しかも、スマホはベッドの上に置かれていた。バイブがわからないほど、上に洋服が積まれていたわけで。

――ミュージカルってことは、清楚系。落ち着いたワンピースとか？

この時間から出かけるとなれば、十一時から十二時ごろにスタートする昼公演《マチネ》の可能性が高い。

積み上げた洋服の山から、去年祖母とデパートで買ったマーメイドラインのスカートを引き抜いた。

白いブラウスを合わせて、カーディガンを肩にかける。

シンプルだが、失敗のないコーディネートだ。これなら、あとはきれいめのパンプスで決まりだ。

「！　バッグどれにする？」

同じく、ベッドの上に並べたバッグを手当たり次第合わせて、夏色のブルーグレーのハンドバッグに必要な荷物を詰める。

そこから三十分でしっかりメイクを整えた自分を褒めたい。

外出前から少々疲れているものの、ミュージカルを観るのは久しぶりなのもあって気持ちが上がる。

——あと四分。

外は、陽光がアスファルトに反射するほどの晴天だ。

花楓はパンプスを履いて玄関を出る。部屋の掃除は、帰ってからすればいい。

折りたたみの日傘を片手にマンションのエントランスを出ると、目の前にハイブリッドカーが静かにすべり込んできた。

運転席には眼鏡をかけた敦貴が座っている。

しかし。

——助手席の方は、どなた⁉

花楓を見て、左手を上げたのは見知らぬ壮年男性だ。

わけがわからないまま、花楓は会釈をする。

顔を上げると、後部座席のドアが開いた。

そこにいたのは——

「おばあちゃんっ⁉」

「かえちゃん、びっくりした？」

ふふ、と笑う祖母がいたずらな少女のような目でこちらを見ている。

——え、待って。じゃあもしかして、助手席の男性は……

「おはよう、桑原」

運転席から降りてきた敦貴が、眼鏡越しに笑った。

祖母とふたりで後部座席に乗り込むと、すぐに助手席の男性が「はじめまして、花楓さん」と呼びかけてきた。

「初めまして、桑原花楓と申します。もしかして、蓮生さんのおじいさまですか？」

「ええ、そうです。急にお邪魔してすみませんねえ」

噂に聞く、祖母の観劇仲間。

そして、嘉珠屋の社長であり、敦貴の祖父である男性だ。

「いえ、お会いできて光栄です。本日はよろしくお願いいたします」

シートベルトをしたままで頭を下げて、花楓は膝の上の自分の両手を確認する。

——ハンドクリームを塗ってくればよかった。

夏場でも乾燥肌なのもあって、指先が少しかさついているのが気になるけれど、今ここでいきなりハンドクリームを取り出すのもマナーがなっていないだろう。

「優しそうなお嬢さんじゃありませんか、桑原さん」

「そうでしょう？　自慢の孫なんですよ」

双方の祖父と祖母が楽しげに話す車内で、敦貴は運転に集中し、花楓は微笑に徹した。

これは、ほんとうにお試し交際なのだろうか。

——むしろ、このまま区役所に連れていかれて、婚姻届にサインしろって言われたらどうしよう！

無事（？）に、四人は劇場をあとにする。

最近話題のブロードウェイミュージカルの日本語版は、おそらくとてもおもしろかったのだろう。

——ちょっと、今日はあんまり頭に入らなかったけど……

この四人で観劇というのが、花楓には緊張感がありすぎる。

敦貴は何を考えているのか。

右隣に座った彼は、花楓の視線に気づくと無言で微笑むばかりだった。まあ、突然手を握られても困るので、笑顔で済んだほうがいいに決まっているのだけれど。

劇場を出たあとは、敦貴の運転するハイブリッドカーに乗り込んで、食事に向かう。

車内ではふたりの祖父と祖母が、今日のミュージカルの感想戦を始めていた。

どちらも、芸能を趣味に持つ者同士。

花楓にはわからない役者や演出家の名前がたくさん聞こえてくる。

今さらだが、祖母が楽しそうなことに嬉しくなった。

――もし、蓮生と結婚したらこんなふうに週末を過ごすのかな。

そう思ってから、心の中で「ないない！」と必死に打ち消す。

流されやすいタイプだとは思いたくないのだが、祖母の笑顔を見られるなら結婚を身近に考えてしまいそうな自分も感じている。

大好きな祖母が、喜んでくれるかもしれない。

――そっか。きっと蓮生も、同じような気持ちだから結婚に前向きなんだ。

赤信号で車が停車したタイミングで顔を上げると、ミラー越しに彼がこちらを見ているのに気づく。

鏡の中で目が合った。

見慣れない眼鏡越しでも、敦貴の整ったアーモンド型の目は変わらない。

彼は何も言わずに、かすかに目を細めた。

まるで、共犯者のように。

あるいは、ふたりにだけわかる合図のように。


東京メトロ白金高輪《しろかねたかなわ》駅からほど近い、老舗のすき焼き店の個室は広い。

四人で座るには大きすぎるテーブルに、ひとり分ずつ小鍋が火にかけられている。

くつくつと割下《わりした》が煮える香りに、花楓はやっと息をついた。

イヤなわけではないけれど、やはりどうしても緊張する。

敦貴とふたりのデートだってそうだろうに、彼の祖父と自分の祖母まで同席しているのだ。

「花楓さん、うちの孫はお気に召しましたか」

牛肉が運ばれてくると、敦貴の祖父が話しかけてくれた。

車の移動中や観劇の最中は、あまり正面から顔を見る機会がなかったけれど、こうして向き合ってみると敦貴と似ている部分がある。

眉の形がそっくりなのを見て、もしかしたら父親も含めて親子三代の美形なのかもしれないと思った。

「蓮生さんには普段から会社でとてもお世話になっています。でも、お見合い相手が彼だと知って、最初はとてもびっくりしました」

　正直な気持ちだった。

　同期とお見合いをする機会なんて、普通はそうそうない。

「そうでしたか。孫は会社ではどうですかね」

「仕事ができて、後輩からも信頼の厚い先輩です。彼を知らない者はたぶん社内にいないと思います。とても優秀な方です」

　社内では敦貴をいちいち褒めるような言葉を口にすることはなかった。

　それもあって、彼が軽く眉を上げてみせる。

「なんだよ。そんなふうに思ってたなら、普段から言ってくれればいいのに」

「言う機会、ある？」

「いつでも言って。桑原に褒められたら、もっと業績伸びるから」

　まったく、祖父の前でも敦貴の態度は変わらないらしい。

　冗談なのか、花楓をからかっているのか。

　それとも、本気で言っている――とは思いにくいけれど、彼の場合はそれもあり得るから難しい。

「でも、ちょっとルーズなところもありますね。期日までに書類を提出できないのは、直してもらえると助かります」

「は？　今言う、それ!?」

「ほんとうのことですので」

ぽんぽんと会話の弾むふたりを、それぞれの祖父と祖母が温かい目で見守っている。

花楓にとってはいつものことだが、その『いつも』が社内ではケンカップル扱いされる振る舞いなのだ。

「楽しそうねえ、かえちゃん」

「敦貴には、こういうはっきりものを言える女性が似合うよ」

――う！　やりすぎた、かも。

むしろ、結婚を後押しされる流れを感じて、花楓は小鍋で牛肉を煮る。

高級店のすき焼きは、肉も野菜も素材の味がしっかり濃い。

契約農家の野菜だけを使用しているとメニューに書かれていたとおり、スーパーで買う野菜とは格段に風味の違う味わいに舌鼓を打つ。

食事が始まると、ミュージカルの感想で盛り上がり、結婚について言及されることはなかった。

それもあって、花楓も緊張がほどけてきた。

店を出るころには、敦貴の祖父とも冗談まじりの会話ができるようになったほどだ。


「今日は、ありがとな」

年配者から先に送り届け、最後に花楓のマンションに到着した敦貴が、ハンドルに右手をかけて助手席を振り向く。

さすがに、ふたりきりなのに後部座席に乗っているのはどうかと、席を移動した。

「こっちこそ。ミュージカル、楽しかったね」

観ている最中は、気もそぞろに思えていたけれど、やはり久々のミュージカルは心躍るものだ。

——たまには、おばあちゃんと歌舞伎にも行きたい。蓮生のおじいさんも、ご一緒にどうかな。

そんなことを考えていると、

「花楓」

急に名前で呼ばれ、一瞬頭が真っ白になる。

家族以外の男性から、名前を呼び捨てにされる機会は少ない。

「な、なな、なんで、急に」

「中学生かよ」

「中学生だよ！」

「いや、違うだろ」

たしかに違う。

でも、気持ちは中学生のころみたいに些細《ささい》なことでドキドキしてしまう。

——何、これ。わたし、あまりに恋愛経験が足りなくない？

「さすがに俺だって、中学生相手に結婚しようなんて言わないからな」

「……っ、その話はさておき」

「なんでさておくのかわかんないけど？」

からかうような、低い笑い声。

花楓が赤面しているのを、彼は楽しんでいるのかもしれない。

「で、花楓はさ、今日もコーヒーはなし？」

質問の意味に、首を傾げた。

そういえば、前回も似たような会話があったはずだ。

「ああ、そっか。前回おごるって言ったのにおごってなかったもんね」

「うん」

「どこか飲みに行く？　それとも来週こそ、おごるよ？」

「あー、いや、いい。わかった。きみの偏差値の低さを理解した」

「へんさち……？」

——なんで、ここで偏差値の話に？

そして、高学歴の敦貴に偏差値が低いと言われたら、返す言葉もありはしないのだ。

「たぶん、今思ってるの間違ってるからな」

「え、待って。どこから間違ってるの。何が間違ってるの？」

「偏差値は、恋愛偏差値って意味で」

「！」

言葉を失って、口を開閉するだけの花楓に、突然目の前でフラッシュが光った。

――はい⁉

「動画で撮ればよかったか」

「いや、撮らなくていいから！　消してね？」

シートベルトをしたままで、花楓は運転席に向かって手を伸ばす。

その手をかわすかと見せかけて、敦貴が手首をやんわりつかんだ。

「はいはい、お子さまはおうちに帰ってシャワー浴びて寝なさい」

「いっ、言われなくてもそうする」

「これじゃ、保護者つきの遠足なんだよな……」

小さく息を吐いた彼が、ちらりと横目で花楓を見る。

その目に、見慣れない衝動のようなものが感じられたのは気のせいだろうか――

「？　それってどういう……んん！」

言葉の続きが、喉の奥へと戻っていく。

――待って。待ってよ、ねえ。これって……

心の声は聞こえないはずなのに、敦貴は待たないとばかりに花楓の手首をしっかりとつかみなおした。

唇と唇が、重なっている。

初めてではないけれど、敦貴とは初めての——キスだった。

呼吸もできずに、指先がわななくのを必死でこらえる。

どうして、キスをしているのか。

理由なんてひとつもわからないまま、花楓は次第に敦貴のキスに応えてしまう。

永遠にも思える長いキスが、唐突に終わった。

「はい、これで大人のデート、ね？」

ぽん、と頭に手を置かれ、喉がひゅうと音を立てた。

「！　そ、それじゃ！　おやすみなさいっ！」

気の利いた返事のひとつもできず、慌てて車を降りて、ドアを閉める。

静かな夜に、助手席のサイドウィンドウが独特の音を鳴らして下がっていく。

「おやすみ。ちゃんと鍵かけるんだぞ」

「かけます」

「ははっ、じゃーね、花楓」

車が走り出すのを見送って、残された花楓は、指先で唇を押さえた。

——いきなりのキスで、舌まで入れるとは……！

「やるな、蓮生……」

彼はいつも、先に背中を向ける。

花楓の心に、言葉にできない感情を残して。

・・・・・・━・・・・・・・・・━・・・・・・

「――……ぱい、桑原先輩？」

普段なら、月曜日の花楓は元気だ。

いや、今日が特別元気がないと言うわけでもないのだが、あのキスが頭から離れないせいで、日曜日は一日何もできなかった。

キスくらい、大人ならそんなに騒ぐようなことではない。わかっている。

だけど、お試し交際中のキスにはそれなりに意味があるようにも思う。それもそう。

――だからって、やっぱりキスひとつにこんなに心を乱されるわたしは、中学生すぎるんだけど！

「もしもーし、聞こえてますかぁ？」

「えっ、あっ、はい！」

がばっと顔を上げると、席の隣に夏海が立っている。

「ごめん、ちょっとぼうっとしてた」

「ちょっと？　かなりですよ。大丈夫ですか？」

「うーん。まあ、うん」

「週末、何かありました？」

「！」

いきなり核心を突かれて、呼吸が止まりそうになった。

「な、何もないよ。なんでもない。元気元気！」

デスクに両手をついて立ち上がろうとしたけれど、こんなときに限ってちょうど靴を脱いでいたのを忘れている。

「ふぁッ⁉」

バランスを崩した体を、夏海が立っていたのと逆方向から力強い腕が支えてくれた。

――え、どうして？

「何やってんの。危ないだろ」

「れ、れんじょう……」

なぜ彼がここにいるのか。なんなら、どうしてこんなにタイミングよく――いや、悪くというべきかもしれないが、助けてくれるのか。

「……ちょっとうっかりしただけです。ありがとう」

「どういたしまして」

無表情に応えた彼が、花楓を支えたせいで握りつぶした領収書を指の腹で伸ばしている。

折しも、今日は七月末日だ。

こんな月末に、敦貴が領収書を持ってくる場合、たいてい二カ月から三カ月は前のものである。

——今回は、何月の領収書を出すつもり？

心の構えをして、彼の言葉を待っていると、

「七月の領収書を持ってきたんだけど、処理頼んでいい？」

信じられない言葉に、耳を疑った。

「しち……がつ……？」

「え、今月って七月だよな」

「うん、そうだけど」

——蓮生が、月末に当月の領収書を持ってきたってこと⁉

驚いたのは花楓だけではない。

経理部の同僚や部長課長係長が、皆そろってこちらに注目している。

なんなら、話の聞こえていたらしい総務部の面々も耳をそばだてているのを感じた。

「や、そんなに驚かれることか？」

「驚くでしょ……」

「ふうん？　まあ、桑原を喜ばせるためなら、このくらいなんてことないからな」

いつもの軽口は、ケンカップルの演出だと知っている。

――そう。これは普段どおりのこと。だからお願い、わたしの心臓、落ち着きたまえ！

左手を心臓の上にぎゅっと当てて、花楓は高鳴る鼓動を必死に押し隠していた。

「それはそれは、ありがとうございます」

体の内側の緊張感とは裏腹に、慣れた仕事用の笑顔を貼り付ける。

動揺していない姿に、不満げな彼の表情が不穏だ。

「桑原」

「ん？」

ぐい、と腕を引っ張られた。

花楓の耳元に、敦貴が顔を寄せてきて――

「――キスしたら、もっと喜んでくれる？」

「！？！？？？！？？」

耳打ちされた言葉に、一瞬で顔が真っ赤になる。

――ここ、職場だからね？　誰かに聞かれたらどうするつもり!?

喉元までこみ上げた言葉を、花楓は意志の力で強引に押し留《とど》めた。

むしろ、それを言ってしまったら、職場でなければしてもいいと判断されておかしくない。

「……あの、冗談もそのくらいにしてくださいね、蓮生サン」

「あれ、あまり響いてなさそうだな」

――当たり前でしょ。ここは職場なんだから！

「だったら、次はもっと大人の夜を過ごしてみようか」

「領収書！　提出するのしないの、どっち!?」

「はい、よろしく」

手の中に、かすかに体温の残る紙束がわたされた。

「ついでに、大人の夜のほうも。予約ってことで」

「蓮生！」

「怖《こわ》っ、怒られないうちに退散するわ」

「ダメ、待って」

「何？　俺と一緒にいたい？」

「そうじゃなくて！」

花楓は急いで、受領書の準備をする。

その間も、心臓はバクバクと大きな音を立てていた。

必要な手続きを済ませて、敦貴が経理部から去ったあと、夏海が「先輩」と呼びかけてくる。

――あれ、そういえば蓮生が来る前、夏海ちゃんからも呼ばれてた。

「ごめんね。さっきの用事ってなんだったっ……」

「もしかして、蓮生さんと進展しました!?」

最後の一音『け』を言い切る前に、後輩がすごい勢いで言葉をかぶせてくる。

「そっ……んなわけ、ないでしょ」

敦貴のケンカップルを装った態度は、夏海だって見慣れているはずなのに。

「だって、今までとちょっと違いましたよ。ほら、ボディタッチっていうか」

「あれは、わたしがバランスをくずしたからです」

「それだけじゃなくて、距離が近かったじゃないですか」

彼女の観察眼は、なかなかに鋭い。

できれば、その高いポテンシャルを仕事の方面で活《い》かしてほしいと思うけれど、夏海はそういうタイプでもないのを知っている。

「夏だから、かな」

「……あの、先輩ちょっと、ごまかすの下手すぎません？」

「いやいやいや、特に理由がないからこう言うしかなかっただけなの」

「ほんとかな〜？」

疑いの眼差《まなざ》しを向けられながら、花楓は受領書のコピーをファイリングした。

——社内では今までどおりにしてって、連絡しておかなきゃ。

・・・・・・・┃・・・・・・・・・┃・・・・・・・

社員食堂が誇る、今年の新作夏フェアのテーマはエスニックらしい。

「花楓、どうする？」

いつものローテーションで、今日は焼き魚定食の由佳がこちらを振り向いた。

「迷ってる……」

ガパオライスか、トムヤム冷麺か、ホットソースの油淋鶏定食。

デザートは、同じく夏フェアのタピオカ入りココナッツミルクと決めている。

どうせ二週間はフェアが行われているのだから、今日選ばなかったメニューを明日以降に食べてもかまわないのに、花楓はつい真剣に悩んでしまう。

昼食は、職場における大きな楽しみだった。

「うん、やっぱりトムヤム――」

「トムヤム冷麺とココナッツミルク、今日はおしまいです」

無情に、注文直前で目当てのトムヤム冷麺が売り切れてしまった。

そっちはまだ諦めがつくけれど、すでに花楓の口はデザートのココナッツミルクを期待している。

「残念だったね」

「うう、いいの、残りのガパオライスも油淋鶏も好きだから……」

八月最初の火曜日のランチは、ホットソースの油淋鶏定食だ。赤く鮮やかなソースが食欲をそそる。

ふたりは空いているテーブルを見つけて、向き合って座った。

「花楓、その油淋鶏ひとくちちょうだい？」

「いいよ。焼き魚、今日は何？」

「アジの塩焼き。食べる？」

「うん、交換しよう」

専門業者を入れていることもあって、加瀬部ＩＴソリューションの社員食堂はいつも賑《にぎ》わっている。

実際、コンビニで買うよりも安く栄養バランスがいいとあっては、食べたくなるのも当然だろう。

激辛カレーほどは辛くないけれど、じゅうぶん辛味を感じる油淋鶏はとてもおいしい。

「ところで、マッチングアプリの話って結局ナシになったんだっけ？」

「んぐ！」

口に入れた鶏肉《とりにく》を、噛《か》まずに飲み込みそうになった。

――お見合いをしたから、マッチングアプリはしない……とは、さすがに由佳相手でも言いにくい。

場所が社内でなければ、友人には話しても問題ないと思う。

ただし、いかんせんここは社員食堂なのである。

「あのね、由佳、それなんだけど……」

「えー、桑原、浮気ですかぁ？」

同じ会社にいて、同じ食堂を使っているのだから、仕方ないといえばそのとおりだ。

だが、なぜこんなにタイミングよく現れるのだろう。

「蓮生」

——そして、聞いてたってことだよね、これ。

花楓が食べたかったトムヤム冷麺の食器を手に、食べ終えて片付けに向かう敦貴がテーブルの横に立っていた。

「浮気。まあ、彼女がマッチングアプリを使ってたら、浮気って思うのは当然だね」

「そうだろ」

「ただし、偽装ケンカップルの場合はどうかな。あんまり花楓のことを拘束するのはどうかと思うよ」

由佳の冷静な発言に、敦貴がにっこりと笑みを浮かべた。

目が線になる笑顔は、どこか作り物めいている。

「って思わせてるのがネタかもよ？」

「え？」

彼の意味深な言い分に、由佳が敦貴と花楓を交互に見る。

「ちょっと待って、違うから」

「違うって、どっちが？」

焦った花楓は、食べ始めたばかりの食事を残して立ち上がった。

「蓮生、とりあえずあっちで話そう？」

由佳には、できれば嘘はつきたくない。

ここで、彼とつきあっていないとはっきり言ってしまえば、それは嘘になる。

——だからって、お試しでおつきあいしてます、と言える場所じゃないんだってば。

「なんで？　俺たち、つきあってるんだから隠す必要ないじゃん」

「そっ……」

それは、ネタでしょ。

そう言い切りたいのに、言えなくなった。

さっきまで笑っていた敦貴が、真剣な目で花楓を見つめているからだ。

——どうして今、そんな顔するの。まるで、本気でわたしに裏切られるのを懸念しているみたいな……

「蓮生、いつもの冗談？　それとも――」

由佳の問いかけに、ほかのテーブルからも息を呑む音が重なった。

蓮生敦貴というのは、そのくらい周囲から注目されている人物なのだ。

「ちょっと前までは冗談だったけど、今はただの恋人だよ」

「…………」

なんの衒《てら》いもなく、彼がはっきりと言い切った。

お見合いをし、結婚前提のお試し交際をしているという真実を、意図的に隠した結果は「ただの恋人」になってしまう。

「花楓？」

「……」

「ほんとうなの？」

「…………」

――ここは、会社なのです。わたしは毎日、ここに通わなければいけないのです……

思わず、心の中で誰かに訴えかけていた。

もしかしたらそれは、神さまみたいな誰かに。

「…………ほんとう、です」

うわあああああ、と歓声が上がる。意味がわからない。

社員食堂は、突然の喝采に包まれた。

「やべー、まじか！」

「嘘、信じたくない……！」

「蓮生さん、ついに社内恋愛⁉」

ＩＴ企業ということもあり、若い社員が多い。

だが、それにしてもこの盛り上がりは異様ではないだろうか。

「俺が、新人研修のときに社内恋愛はしない、なんてイキってたせいで、なかなか周囲に明かしにくかったんだ。これで、堂々とやっていけるな、花楓」

――またしても、このタイミングで名前を呼ぶ？　本気？

自分で認めたことだけれど、花楓にだって社内での立場というものがある。

少なくとも、周囲から敬遠されるようなバカップルムーブはしたくない。そこまで若くないのだ。

「ポリシーなんてどうでもよくなるくらい、俺は彼女に夢中ってこと」

「蓮生が花楓を気に入ってたのは知ってたけど」

由佳の言葉に、眉をひそめる。

――ちょっと待った。由佳は気づいてたの？　わたしはまったく知らなかったのに⁉

「花楓も、ついに落ちちゃったか」

「や、待って。その言い方はちょっと！」

「じゃあ、違うの？」

嘘をつきたくないと思うと、何も言えなくなってしまう。

言葉は、情報の本質を伝えるのにあまりに脆弱《ぜいじゃく》だ。

かといって、一から十まで語るには場所が悪い。

そして、花楓は。

「……っっ……！」

真っ赤な顔で、敦貴を睨んだ。

自分としては、精いっぱいの「何言ってくれちゃってんのよ！」という気持ちだったのだが。

「そんなかわいい顔されると、けっこうやばいんですけど」

らしくもない小声で、彼は顔を手で覆った。

——何、その反応。どうしちゃったの、蓮生。

いつもの冗談ではなさそうな、薄く赤らんだ耳殻が見える。

かわいい顔なんて、した覚えはない。

睨みつけて「かわいい」と言われても、複雑な気持ちだ。

——なのに、どうしてわたしは照れちゃうの！

ふたりして、初々しく頬を染めるのを前に、

「あー、なるほど、ね」

何かに納得した由佳の声が、まだ盛り上がっている食堂にぽつんと転がった。

・……━……・……━……・

大人になって気づいたことのひとつに、他者の部屋に上がることが極端に少なくなるというのがある。

最後に友人の部屋へ行ったのは、たしか学生時代だと思う。

普段、自分の部屋しか知らずに生活しているのを差し引いても、敦貴の住むマンションはちょっと桁違いに豪華だった。

——これが嘉珠屋の御曹司の力……！

間取りだけでいうならばワンルームなので、花楓の部屋とさして違わないはずなのに。

高い天井は打ちっぱなしのコンクリート、東向きの窓は二面あって採光に適している。そもそもワンルームの居室が二十畳近くありそうだ。

「あっ、ここ、もしかしてウォークインクローゼット？」

「ん？　そうだけど」

そうなると、ワンルームですらない。

広い室内には、ベッドの脇と玄関ドア付近に観葉植物が置かれていた。

「蓮生って、」

ほんとうに御曹司なんだね、も。

おしゃれな部屋に住んでるんだね、も。

気おくれして、口に出せなくなる。

自分とは、ぜんぜん違う生活をしている男。そのことだけが、よくわかった。

「なんだよ。言いかけてやめられると、気になる」

キッチンでコーヒーを淹《い》れた彼が、マグカップをふたつ持ってダイニングテーブルに置く。

所在なく立ったままで室内を眺めていた花楓に、彼が小さく手招きをした。

「うーん、蓮生らしい部屋に住んでるんだなと思って」

「ははっ、何それ」

片手で椅子を引くと、敦貴は座って脚を組む。

ただそれだけの所作が決まって見えるのは、花楓がこの部屋の雰囲気に圧倒されているせいかもしれない。

平日の夜に、お試し彼氏の部屋に来ているのは、本日の社員食堂での出来事について緊急会合を必要としたからだ。

「失礼しまーす……」

海外の有名アーティストが手掛けたデザインチェアに座って、花楓は熱いコーヒーをひと口飲む。

直前に豆を挽《ひ》いて淹れたコーヒーは、酸味がしっかり感じられる味だった。

「一応、言っておくんだけど」

彼の前置きに、無言でうなずく。

「今日の件は、俺も少々暴走したと思う。でも、後悔はしてないから」

「……なる、ほど……？」

花楓の当惑も無理はない。

この先どうなるかわからない、お試し交際の真っ最中だというのに、社内で恋人宣言をされてしまったのである。

もとからケンカップルと噂のあるふたりが、当人たちの口からつきあっていると認めたのだから、周囲が色めき立つのも仕方がない。

「なんで、そんな怪訝な顔するかな」

「だ、だって、ほかに言いようがないんだもの」

「あるだろ。たとえば、そうだな。『わたしも、こうなってよかったと思う』とか」

「……ないでしょ」

「じゃあ、『蓮生を独占できて嬉しいよ？』とか」

「わたしをなんだと思ってるのかな！」

手にしたマグカップを、コンと音を立ててテーブルに戻す。

——蓮生の言い方だと、完全に彼女扱いすぎる。まるで、わたしが蓮生を好きみたいっていうか……

そう思ってから、ふと気づいた。

好きとまでは言わないけれど、それなりに彼に惹かれている自分がいることに。

最初から好きにならないと誓っていた。

きっと彼は、すぐ自分に飽きてしまうだろうと思っていた。

——それなのに、完全に惹かれはじめてる。わたし、ちょっと迂闊《うかつ》すぎる！

恋愛とまでは言わないが、花楓から見ても敦貴は魅力的な男性なのだ。

「なんだと思ってるって、俺のほうが聞きたいよ」

「え……？」

「俺たちは、結婚前提の恋人じゃないわけ？」

「だ、だから、それはあくまでお試し期間でしょ。それに、利点こそあれ恋愛関係なわけでもな
——ちょ、ちょっと、何っ⁉」

花楓が話している最中に、彼が椅子から立ち上がって足元に片膝をついた。

「続けてよ」

「そんなところにいられたら、気になる」

「いいから」

ストッキングのふくらはぎを手のひらで包まれて、彼の熱に背中が震えた。

他者の部屋に入るよりも、体に触れられるほうがよほど久しぶりだったことを思い出す。

そして、お試しといえども交際中のステータスを持つ大人のふたりには、キスより先の行為があってもおかしくないのだと、気づいてしまう。

「蓮生……っ」

「恋愛関係じゃないんだろ？」

どこか責めるような口調に、花楓は息を呑んだ。

彼のほうが、傷ついた顔をする理由は、いったいなんだというのか。

「それって、花楓が俺を好きじゃないって言ってるんだよな」

「そ、そもそも、そういうのじゃないでしょ」

「そういうのでも、俺はいいと思ってる」

——わからない！　そういうのって、どういうの!?

ふくらはぎを撫でた彼の手のひらが、そっとアキレス腱《けん》へ移動していく。

くすぐったいような、むず痒《がゆ》いような、奇妙に甘い感覚が、花楓にほのかな期待を抱かせる。

こんなふうに優しく触れられると、否《いや》が応《おう》でも思い知らされた。

今、敦貴とふたりきりで彼の部屋にいることを。

すぐ目の前に、彼のベッドがあることを——

「俺は、正直、焦ったよ」

「なんの話？」

「マッチングアプリの件、まだ諦めてなかったんだと思って」

顔を上げた彼のひたいに、前髪が揺れる。

「諦めるも何も、マッチングアプリなんてやってない」

「だけど、俺とつきあってることを隠している間は、花楓にそういうのを勧める人がいるってことだろ。嫌だと思った」

わからない、わけではない。

さすがに、花楓だってここまで言われて気づかないほど鈍感ではないのだ。

——蓮生ってもしかして、わたしのことをものすごく好……

頭の中ですら、その続きを考えるのはおこがましい気持ちになる。

ありえない、ということもないのだ。

彼は自分を好きだと、すでに告白してくれている。

なぜ自分なのかは聞いていないけれど、蓼《たで》食う虫も好き好きというではないか。

この完璧美形の仕事がデキる男だって、もとを正せば人間なのだ。

同じ人類ならば、花楓のことを好きで仕方なくなってしまうことも、絶対にないとは言い切れない。
ほんとうに？
と、自分の考えに疑問符がよぎる。
わかっているふりをしても、それはあくまでポーズだった。
理解しているふりをしても、それもあくまでふりでしかなくて。
「蓮生は、その、わたしのことを……」
——どのくらい、好きなの？　いつから好きなの？　どうして好きになったの？
言葉を濁して確認しようとする、ずるい自分。
敦貴は、そんな花楓を見て片頬だけで甘く微笑んだ。
いや、それは笑みというよりもたくらみと言ったほうがいい。
「知りたいなら、そっちからキスしてよ」
「っっ……！」
フロアに片膝をついたままの彼は、椅子に座る花楓より低い位置にいる。
重力が、変わった気がした。
現実を忘れさせるような、彼の部屋の雰囲気に呑まれて。
花楓は何も言えないままで、敦貴の頬にそっと触れる。
ゆっくり、ゆっくりとふたりの唇が近づいていき、最後の一センチがもどかしい。

彼の吐息が唇に触れる。

――わたしの息も、蓮生に届いているの……？

ひゅ、と息を吸うのと同時に、上唇が敦貴の唇に触れて、その先はどちらからともなく互いの体に腕を回していた。

ドッ、ドッ、ドッ、と心臓が早鐘を打つ。

重なる唇のせつなさが、水中で酸素を求めるときのようなあえぎにつながった。

その隙間を、敦貴は見逃さない。

「ん、ぅ……っ」

とろりと濡れた舌先が、花楓の口腔《こうこう》に割り込んでくる。

――頭、ふわふわして、何も考えられないよ……

椅子に座っていたはずだったのに、気がつけばふたり、フローリングに膝をついていた。

ぎゅっと抱き合って、彼の心音を右胸に感じている。

スカートのファスナーが下ろされると、解放感とともに期待が胸に広がった。

「花楓」

――優しい、声。

敦貴に名前を呼ばれると、心がじゅわりと濡れる。

「好きだよ、花楓」

「れ、んじょう……」

「こういうときは、敦貴って呼べよ」

ちゅ、と頬にキスされて、恥ずかしさに涙がにじむ。

だけど、嫌なわけではない。

――ううん、イヤどころか、わたし、もっとしてほしいって思ってる。

その気持ちを言葉にするのはハードルが高いから、花楓は――

「敦貴……」

精いっぱいの気持ちを込めて、彼の名前を、呼んだ。


彼のベッドに仰向けに横たえられて、花楓はどこを見ていいのかわからなくなる。

準備をするから、と言った敦貴が、チェストボックスを開けていた。

――それってつまり、アレだよね。

花楓の荷物に、避妊具なんてありはしない。

男性の嗜《たしな》みかもしれないけれど、自室にそういうものが置かれているというのが、かすかに花楓の気持ちをざらつかせる。

「なんか、気に入らない？」

戻ってきた彼が、ベッドヘッドに避妊具を置いた。

「気に入らないわけじゃなくて、ずいぶん準備がいいなって」

「ああ、そういうことか」

天井の照明を背に受けて、前髪を右手でかき上げる敦貴の表情は影になっている。

「俺がほかの女のために準備した避妊具かと思ったんだ？」

「っっ……、なんでそんなにはっきり言うの」

「今日の帰りに、コンビニに寄って買ってきたばかりの新品ですけど？」

「う……」

高反発のマットレスに、彼の体重がかかった。

「花楓が部屋に来るからには、そういうこともあるかもしれないって思った」

敦貴の右手が、首のうしろにするりと入り込んでくる。

——あったかい。

抱き合うのとは異なる、素肌に触れる体温が花楓の気持ちをいっそう高ぶらせた。

「そっちは？　少しも期待してなかった？」

「わ、わたし……」

「男の部屋に来るのに、何も思わなかったっていうなら、花楓には警戒心を教え込まないといけないな」

まぶたに、キスが落ちてくる。

薄い皮膚は、彼の唇に触れられるだけでせつなさに震えた。

——ほんとうに、好き？　結婚相手がほしいだけ？

けれど、その答えよりもほしいものが、今、目の前にある。

期待して訪れたわけではなかったけれど、花楓だって二十七歳の健康な女性なのだ。

キスで加熱した衝動は、まだ体の中に渦を巻いている。

「花楓」

名前を呼びながら、敦貴が目を合わせてきた。

「怖がらないで。俺だけ、見て」

「っ、ん……」

「花楓が嫌がることはしないから、力抜いてよ」

ちろりと赤い舌が花楓の下唇をなぞる。

肩がピクッと震えて、それを合図に彼が唇を押し当ててきた。

「キスされてるときの花楓、すげーかわいい」

「そ、んなの、知らない……」

「知らなくていいよ。ほかの誰にも教えたくない」

だから、と彼が続ける。

「——舌、出して？」

形良い唇から覗く、彼の舌先がやけに淫靡《いんび》に見える。

その舌を追いかけるように、花楓は言われるまま口を開け、おずおずと舌を伸ばした。

「いい子だね」

舌と舌が、触れ合う。

「っっ……、ん、っ……」

腰の奥、体の深い部分で淫らな期待が熱を帯びる。

わざと花楓を煽《あお》るように、敦貴は唇を重ねず舌先だけでキスを繰り返している。

水音を立てて舐《ねぶ》り合う感覚に、ただ官能を刺激されていた。

——こんなキス、知らない。

「っは、ぁ、んんっ……」

「やらしい声。かわいいよ」

「や、やだ……」

「嫌じゃないだろ？」

逃げようとした顔を、彼が追いかけてくる。

スーツの膝が、脚の間に割り込んできた。

スカートはダイニングテーブルの下に落ちたままだ。

——どうしよう。もう、わたし、濡れて……

脚を閉じられなくなると、下着の内側が潤っているのが自分でもわかる。

触れられたら、熱を持っているのがバレてしまうだろう。

「花楓、こっち見て」

「う、ん……」

長い指が、器用にブラウスのボタンをはずしていく。

ひとつ、またひとつ、花楓の肌をあばいて、敦貴があえかに微笑んだ。

「肌、白いな。キスしたら、すぐに痕がつきそう」

ブラウスとキャミソールが脱がされると、ブラだけの上半身が心もとなくて花楓は胸元を腕で隠す。

そうしている間に、パンストがするすると引き抜かれていく。

「あの、蓮生、ちょっと手際が――」

よすぎる。

考える余地を残すことなく、彼は花楓をむき出しにしてしまう。

もっと、と心のどこかで声がした。

「駄目」

「え？」

「名前で呼べって言ったよな？」

「う……」

ブラの上から鼻先を胸元に擦り寄せて、敦貴が乳房をやんわりと揉《も》みしだく。

「ほら、花楓」

「ぁ、あっ」

「あえいでないで、俺の名前呼んで？」

早くも屹立《きつりつ》しはじめた胸の先を探り当てた指先は、促す素振りでカリとそこを引っ掻《か》いた。

「ひ、ァっ……！」

腰の裏側からうなじにかけて、ゾクゾクと快感が駆け抜ける。

「ここ、感じやすいんだね」

「れ……っ、あ、敦貴、や……っ」

「嘘つき。でも、ちゃんと名前を呼べたからご褒美あげるよ」

ブラのホックがはずされて、カップが鎖骨まで押し上げられた。

白くやわらかな乳房が彼の目に触れる。

すでにきゅんと凝《しこ》った乳首を指腹であやされ、腰を揺らす。

――こんなの、知らない。

雄《オス》の顔をした敦貴は、浅い呼吸で花楓の表情を見つめている。

その目が、今まで見たことのない敦貴だった。

「……っ、み、ないで……」

目をそらしても、心は彼に釘付《くぎづ》けになっている。

その一挙手一投足に、花楓の心が波立つのだ。

「嫌だよ。せっかく花楓が俺に抱かれる気になってくれたんだ。見ないわけがないだろ」

――まるで、ずっとわたしを欲しがっていたみたいな言い方をするんだね。

違う。

そうであってほしいのは、自分のほうだ。

けれどベッドの上で語られる言葉に、深い意味なんて求めるのは大人の作法ではない。

そのくらい、花楓だって知っていた。

それでも、甘えてしまいそうになるのは、彼の真摯な眼差しのせいだ。

指腹で乳暈の輪郭をなぞられると、中心がもどかしさにいっそう括《くび》りだされていく。

敦貴を求めてはしたなく自己主張する乳首が恥ずかしい。

「やわらかくて、温かくて、愛《いと》しいな」

乳房に指を埋め、ふにふにと揉み込まれる。

手のひらで乳首をこすられる感覚に、頭の芯が乱されてしまう。

「っ、ふ……ぁ、んっ」

「それに、どうしようもないほどかわいい」

こちらの反応を確かめるように、敦貴が両手で左右の胸の先端をきゅうとつまみ上げた。

「ひ、ァぁ……ッ」

びくん、と腰を跳ね上げて、花楓は背を反らす。

色づいた根元をつままれているから、逃げることはできない。

「こんなに感じやすいなんて、知らなかった」

吐息まじりの声が、胸元から聞こえてくる。

——え、待って。

声に出すよりも早く、彼は花楓の胸の先を咥えた。

「！　っっ……、ぁあ、あ、あっ」

濡れた口腔でねっとりと吸い上げられ、まぶたの裏側に白い星が爆《は》ぜる。

——嘘、こんなに……感じちゃう。

快感は、肉欲だけでできていない。

彼の前に肌をさらすことを恥じらう気持ちによって、増幅されていく。

「や、ぁあ、あ、ダメぇ……！」

ちゅくちゅくと音を立てて乳首を愛されると、得も言われぬ悦《よろこ》びが背骨を伝う。

胸だけで、達してしまいそうなほどに全身がわななないた。

だが、今までの人生で胸への愛撫《あいぶ》だけで果てたことなどない。そんなことが、現実に起こりうるのだろうか。

「いいよ。我慢しないで」

「が、まん……っ、ん、してな……ぁ、ああ、っ」

「我慢しないでってのは、イッてって意味」

言うと同時に、敦貴が膝をぐっと押し上げてくる。

柔肉を下着越しに刺激されて、全身がほどけてしまいそうになった。

下着と肌がこすれる隙間に、くちゅ、と小さく蜜音が聞こえる。

「いいね。ちゃんと感じてくれてるのがわかる」

「や、違う……っ」

「違わない。花楓は俺に感じてる。だから濡れてるんだろ?」

煽る口調と、花芽を探る膝の動き。

くいっと押し込まれたタイミングで、全身がこわばった。

「ああ、ここか」

「ダメ、待っ……あ、あっ、ああっ……!」

胸の先を舐めながら、膝で敏感な部分を責め立てて、敦貴が低い声で笑う。

「駄目って言いながら、自分から腰振ってる。かわいいなあ、花楓」

「! も、ぉ、ほんとに……っ、イッちゃうから、お願い……!」

「イッてよ。俺でイく花楓が見たい」

面の広い膝で刺激されるのは、イキそうでイケないもどかしさがある。

わざと、わかっていてそれを続けるのか。

敦貴はスーツの膝が濡れるのも気にせず、膝を動かしていた。

「ぇあ、あ、イッ……く、イく、イッちゃう……っ」

彼の両肩にしがみつく。

上半身を浮かせて、花楓は最初の波に果てへと追い立てられた。

見上げた天井が、涙でにじんでいる。

は、は、と短い呼吸を繰り返し、体の奥の快楽をやり過ごそうとする。

——わたし、こんなに感じやすかった？

過去にそれほど経験があるわけではないけれど、まったく何も知らないというほどでもない。

自分でも知らなかった自分を感じて、快感の波間を揺蕩《たゆた》う。

「じょうずにイけたな。よしよし」

ベッドの上に膝立ちになった敦貴が、サイドの髪を耳にかける。

金属音とともに、彼のベルトが引き抜かれた。

下腹部には、すでに劣情が布越しにもわかるほど張り詰めている。

——蓮生の、ううん、敦貴のがわたしに……

「いいね。期待してる顔、好きだよ」

「い、いじわる」

「何が？」

「うう……」

熟れた桃の皮を剥《む》くように、つるりとショーツが剥《は》ぎ取《と》られた。

今さら逃げるつもりはない。

花楓だって、ここでやめられたら困る。

脚の間に膝をついた敦貴が、ベッドヘッドから避妊具を取ると、口に咥えてパッケージを開封した。

──こんな姿を見上げることになるなんて、思いもしなかった。

さすがに、装着するところをまじまじと見るわけにもいかず、花楓はそっと目線をそらす。

「ほんとうは、もっと慣らしてから挿入って言いたいんだけど──」

ファスナーを下ろし、反り返る劣情に薄膜をかぶせながら、敦貴が言う。

「俺のほうが限界。早く、花楓の中に入りたい」

「あ、つき……」

準備の整った亀頭が、蜜口にあてがわれた。

「んっ……」

「すげー熱くなってる。なあ、花楓、俺に抱かれたい？」

ここまで、意思確認は雰囲気だけで進んできた。

「んっ、ぁ、あ、抱かれたい……。敦貴、来て……？」

「……思ったより、素直じゃん」

「だって」

「じゃあ、俺を全部あげるよ」

ぬぷ、と狭い入り口に雄槍がめり込んでくる。

——え、大っ……きい……！

傘の張り出した先端しか入っていないのに、花楓の隘路《あいろ》はみっしりと押し広げられていた。

「や……！」

「こら、逃げないで」

「違うの。敦貴、こんな……」

ちらりと見たとき、たしかにその逞《たくま》しさはわかったつもりだった。

けれど、実際に体内で知る敦貴は、思っていたよりもずっと太く、熱く、硬い。

「っ……、大きくて、入らない……っ」

「ハ、エロいこと言う。男を煽って、どうなってもいいのか？」

「違う、そうじゃな——あ、ああっ」

浅瀬を軽くこすっていた彼が、ひと息に最奥めがけて腰を打ちつけてくる。

——全部、入ってくる……！

深くつながったふたりの体は、どちらからともなく腰を揺らす。

「い、っぱい……、敦貴が入ってきてる……」

「花楓が俺のを締めつけるせいだ。もう待てない」

「あつ、き……」

来て、と両手を広げた。

彼が上半身を倒して、体を重ねてくる。

「好きだよ、花楓」

「んっ……」

「いっぱい感じて。俺のこと、ここでお試ししてよ」

鼠径部を手のひらで軽く撫でると、彼が大きく腰を引いた。

体が内側から引っ張られる感覚がある。

奇妙なのに、気持ちがいい。

——敦貴の、すごい……

蜜口に亀頭のくびれが引っかかると、すぐさま奥を貫《つらぬ》かれる。

「ひぅ……ッ」

「どう？　俺は花楓の好みに合いそう？」

——そんなの、わからない。

全身に響く衝撃を、子宮口で受け止めて。

花楓はベッドの上で白い四肢をこわばらせた。

「そんなに力を入れたら、押し返される」

「ぁ、ごめ……」

「謝らなくていい。どっちかっていうと、たぶん謝るのは俺のほうだから」

その言葉に、花楓は瞬《まばた》きをひとつ。なぜ謝られなければいけないのか、心当たりがなかった。

「今のは、先に謝っておくって意味」

「えっと……？」

「つまりね」

ごり、と子宮口を亀頭が抉《えぐ》る。

「ぁあ、あっ」

耳元に顔を寄せた彼が、低くかすれた声で「花楓」と名前を呼ぶ。

つながっているのは下半身だけなのに、脳天まで彼の脈動が響いてくる気がした。

「優しくしたかったんだけど、つながったらもう無理ってわかったから」

「や、ぁ、待って、中……っ」

「もう、花楓が泣いても意識を失くしても、たぶん抱き尽くすことになる。そういう意味の、謝罪だよ」

宣言に違《たが》うことなく、敦貴は激しく花楓を求めた。

つながるふたりのか弱い部分が、幾度となくこすれ合う。

何度、達したかもわからない。

ただ、彼の与える快楽の海の中、花楓は必死に敦貴にしがみついていた――

第三章　好きになって、いいの？

全身が、甘く温《ぬる》い倦怠《けんたい》に包まれている。

――今、何時……？

眠い目をこすりながら、花楓《かえで》はベッドの上でスマホを探す。

いつもなら、手の届く場所にスマホを置いて寝るのだけど、今日はどこにも見当たらない。

――スマホ、ない。ない。ない……

手を伸ばすたび、指先が触れるのは温かい何か
だ。

これはなんだろう。

ベッドの周りに、こんな触感のものがあっただろうか。

「ちょ、花楓、くすぐったいって」

聞こえてきたのは、男性の――敦貴の声だった。

「ええっ……!?」

がばっと顔を上げて、これが夢ではないことを知る。

花楓の視線の先には、裸の敦貴が仰向けになっていた。

「っっ……、あ、あの、わたしのスマホは……？」

「バッグの中？」

おはようの挨拶もなしに、ベッドの下に脱ぎ散らかしていたブラウスをつかむ。

昨晩のことを覚えていないわけではなくて。

——完全に、寝ぼけてた！

自分の行動が恥ずかしくて、彼の顔を見られなかったのだ。

とはいえ、ブラウスで体の前面を隠してバッグを置いたソファまで移動したものの、もちろん背中は丸見えである。

フロアにしゃがみ込み、スマホで時刻を確認する。すでに七時半を過ぎていた。

始業は九時。今から帰宅して、着替えてメイクをして出社するのは——どう考えても無理だ。

——昨日の服のまま、出社……？

一昨日までならまだしも、昨日ふたりはつきあっているのが周囲にバレた直後である。

このタイミングで二日連続同じ服を来て出社する勇気は、花楓にはない。

——午前休、使おう。

幸いにして、有給休暇は余っている。こういうときに使わなくてどうする、と自分に言い聞かせて、花楓は上司にメールを送った。

「用事、済んだ？」

まだベッドに横たわったまま、敦貴が声をかけてくる。

「うん。あの、えっと……おはよう」

何を言っていいかわからなくなったときは、挨拶から。

振り向いた花楓に、彼が声をあげて笑った。

――えっ、なんで？　挨拶、大事だよね。

スマホを手にしたまま、花楓はベッドに戻る。

「起きてたなら、声かけてくれてもいいのに」

「あー、それもそうか。悪い。花楓の寝顔がかわいかったから、つい見惚《みと》れた」

昨晩からずっと、敦貴は「かわいい」を連呼しすぎではないだろうか。

「蓮生は、わたしをどうしたいの……？」

思わず、心の声が漏れる。

「はい、駄目。敦貴って呼ぶんだろ？」

「そ、それは、そういうときだけってことで」

「そういう？　俺に抱かれるとき限定？」

「！　もう少しオブラートに包んで！」

「セックスの最中だけって意味でいい？」

「よくないっ」

ムキになったところを、彼が笑いながら抱きしめてくる。

「……今、そういう流れだったかな？」

「流れなんて無視して抱きしめたくなった」

いともたやすく、彼は花楓の心をときめかせてしまう。

恋愛感情ではないと、強く否定したがっていた自分が、なんだか愚かに思えてくる。

「俺はさ、好きにさせたいんだ」

「わたしが、敦貴を？」

「そ。俺がこんなに好きなんだから、花楓も同じくらい好きになってくれてもいいと思うわけ」

知り合って、五年以上になる相手が、今さら恋慕の感情を向けてきている。

戸惑わないとは言わないが、好きだと言われて嬉しいと思うのは、つまり——

「……わかった」

覚悟を決めて、花楓はうなずく。

「は？　そのわかったって、どういう意味で言ってる？」

「だ、だから、敦貴がわたしを好きだと思ってくれてるのはわかった、って意味で」

「今さら、そこ⁉」

「う……」

それだけではない。

彼が、本気で花楓と結婚したがっていることも。

祖母を喜ばせたいと思っていることも。

祖父を大切にしていることも。

——それと、わたしも自分で思うよりずっと敦貴のことを好き……かもしれないことも、わかった。全部、わかった。

「花楓？」

「つまり、わたしはわたしなりに前向きにがんばるって意味で、わかったの」

「だったら、キスしてくれる？」

「……敦貴、わたしの話、聞いてた？」

「聞いてた。嬉しいから、キス。はい、どーぞ」

喜んでくれているのなら、悪いことではない。たぶん。

花楓はそっと顔を近づけて——

「んんっ!?」

唇が近づいたところで、いきなりベッドに押し倒された。

——待って？　キスしてって言ったんじゃなかったの？

下腹部に、彼の劣情が当たっている。

昨晩と同じくらい、強い意志を感じる昂《たかぶ》りだ。

「あっ、敦貴、これって……⁉」

「午前休なら、もう一回俺に愛される時間はあるよな」

「つっ……！」

――時間が間に合わないから午前を休みにしたのに、その休みを使って、もう一回⁉

「ほら、花楓、こっち向いて」

「ちょ、ちょっと、さすがに朝からは」

「朝だろうと夜だろうと、俺は花楓がほしい」

幸せそうに微笑んだ敦貴は、うんざりするほど美しい。

――顔がよくて、モテて、自分は許されるって知っている男はずるい！

断れない自分を棚に上げて、責任転嫁は十全に。

「午後からがんばれるように、おまじないかけてやるよ」

「そのおまじないは遠慮します」

「ごめんな。俺のおまじないって、遠慮不可だから。ああ、でも避妊はするから心配しなくていい」

「敦貴ってば、ちょっと、や、あ、あっ……！」

こんな生活をしていたら、絶対遠からず仕事に支障が出る。

そう思う気持ちを、快感が押し流していった。

・・・・・・・・・・・・・・・・・・・・・・

モテたいなんて思ったことは、一度もなかった。

加瀬部ＩＴソリューションに入社した当初、蓮生敦貴は気を張っていた。

子どものころから、何をやってもそれなりにできる器用なタイプだったけれど、それはあくまで『それなり』だ。

ひとつの道を極める者にくらべるような出来ではない。

だが、明らかに周囲より秀でてたいていのことができてしまう。

器用貧乏という言葉を知ったときに、自分のことだと心から思った。同時に、その言葉を嫌悪した。

小学校、中学校、高校。

狭い世界における適度な器用貧乏具合は、生まれ持った容貌も相まって人の上に立つことを余儀なくされた。

クラス委員、生徒会役員と名のつくものは、毎回当たり前のように敦貴の肩書きになる。

それをそつなくこなす程度の能力があったから、さして嫌だと思うわけではなかった。

目立つこと、人前に立つことを苦痛だとも思わなかった。

ただし、こと恋愛面に関しては、ひたすら面倒が続いたのも事実である。

思い起こす最初のトラブルは、小学校四年生のバレンタインだ。

思春期に差しかかり、クラスメイトの女子たちは恋愛系のイベントに興味を持ち始めた時期だったのだと思う。

同学年の女子十名以上から、チョコレートと手紙を押しつけられ、嬉しいと思う以前に「面倒くさい」と感じたのを忘れられない。

だが、それはトラブルの始まりでしかなかった。

当然ながら、誰に対しても返事をせずに過ごしていた結果、クラスを跨《また》いだ女子同士による激しいケンカが勃発してしまった。

我関せずを貫いていた敦貴が、担任と学年主任から呼びつけられたのは、そのケンカが敦貴争奪戦だったとわかってからである。

争奪戦って、なんだ。

取り合いをされる、トロフィーのような自分。

まして、そこに敦貴の感情は考慮されていない。

敦貴少年は、十歳にして悟る。

女子たちにとって、大切なのは敦貴の気持ちではなく、敦貴の隣に立つことなのだ、と。

残念なことに、その問題は高校を卒業するまで長く敦貴につきまとった。

中学、高校と、年齢が上がるにつれて恋愛にまつわる厄介なトラブルは増えていく。

学ランだった中学校の卒業式には、女子たちに追い回されて制服のボタンをすべてむしり取られた。

こんな乱暴な愛情があるものか。当時は、正直女性不信になりかけた。

高校では一方的な愛情を押しつけられ、ストーカーまがいの行動までされて、ひそかにつきあった彼女は交際事情を事細かに鍵付きのＳＮＳで暴露していた。

初めて手をつないだことも、キスをしたことも、すべてをさらされていたと知ったときには、彼女への気持ちが一瞬で消《き》え失《う》せた。

そして、思った。

相変わらず、自分はトロフィーでしかないのだと。

大人になってからは、そういう相手を選んだ自分が愚かだったと思えるようになったし、相手も若かったのだから仕方ないと納得する部分もある。

けれど、周囲から見ればモテて女性に困らないとされる敦貴自身は、あまりいい恋愛体験を持っていなかった。

適度に楽しい大学時代を経て、社会人になったとき、彼はひとつの決断をした。

会社は、恋愛沙汰で問題が起こったときに、簡単に逃げられない居場所である。

一生、同じ職場で働くつもりがあったとまでは言わないが、最低三年、できれば五年はこの会社で経験を積みたい気持ちもあった。

だから、新人研修の場ではっきりと社内恋愛を拒絶する自己紹介をした。

自意識過剰と言われるのは承知の上だったし、そう言われても別に構わない。なんなら、感じの悪い男だと思ってくれたほうが、やりやすいとすら想像していた。

白い目で見られる覚悟はできていたのだ。

予想どおりの展開になったのは、気配でわかった。

休憩でトイレに行ったとき、女性用トイレから廊下に声が筒抜けだったため、一緒にいたほかの男性社員たちからは同情されたほどだ。

けれど、予想と違うことが同時に発生した。

『はっきりしているのは、いいことだと思う。前もって宣言することで、余計な火種を生まないから』

聞こえてきた声に、敦貴はぞくりと鳥肌が立つのを感じた。

その人物は、迎合ではなく自分の考えを持っている。

さらに、敦貴の意図を把握しているように聞こえた。

四名の女性たちが化粧室から出てきたとき、誰があの声の主か気になって見ていたけれど、外見からは判断がつかない。

研修中、その人物が誰だったのかを確認することに敦貴は集中していた。

そしてわかった。彼女の名前は桑原花楓。

肌のきれいな女性だ。

黒髪はいつも艶やかで、背筋がまっすぐ伸びている。

色白の頬はメイクをしていても、たまに青ざめて見える。もしかしたら貧血体質なのかもしれない。

ぱっちりした目は、どこか儚《はかな》げなのに自分の意志を貫く強さも感じさせた。

目立つタイプではないけれど、よく見ればとてもきれいな顔立ちをしている。

いつでもどこでも主張をするわけではなく、必要に応じて自分の意見を言える——そんな女性だった。

敦貴たちの同期は、比較的仲が良かったこともあり、彼女とは何度か飲みの席で一緒になった。

こちらからそれとなく話しかけても、まったく敦貴に興味がないらしく、会話はさして弾まない。

そのことが、いっそう花楓への好感につながった。

これまでの女性トラブルを通じて、敦貴は自分を景品扱いする女性に興味を持てなくなっていたのである。

経理部に配属された彼女は、最初のうち、期限の切れた領収書を強引に押しつけられて、先輩社員に叱られることも多かった。

次第に対処法を身に着けていく花楓を、敦貴はずっと見ていた。ただ、見ているしかできなかった。

彼女の特別になりたいと、心から思った。

もしかしたら、敦貴にとってほんとうの初恋だったのかもしれない。

だが、自分に興味のない相手への恋慕というのは、なんとも進展しないものだ。

敦貴も敦貴で営業職で成果を出し、社内でも名を知られるようになってくると、経理部の花楓と関わるタイミングは経費精算しかないと気づく。

彼女に近づきたい。彼女に自分を見てほしい。

気持ちとは裏腹に、花楓との距離が縮まる機会は訪れなかった。

しかし、忙しさにかまけて領収書の提出が遅れていた時期があり、彼女のほうから敦貴の働くシステム営業部まで催促に来てくれるようになった。

同期ということもあり、自分の担当は花楓らしい。

それが嬉しくて、ついつい領収書を貯《た》めるようになった。〆切破りの始まりである。

けれど、やはりそれ以上には近づけない。

進展のない中、周囲が少しずつ花楓の魅力に気づきはじめていく。

敦貴はあえて、花楓と特別な関係であるような態度をとるようになった。

ほかの男性社員に向けての牽制《けんせい》だ。

結果、ふたりは社内でも有名なケンカップル扱いをされるようになり、彼女に近づく男は減った。

噂だけではなく、社外でも距離を詰めたくて、経費精算で迷惑をかけたあとにお礼と称して食事や飲みに誘ったことも数え切れない。

毎度、すべて断られた。

いっそう彼女への執着は強まった。

さて次はどんな戦法でいこうと考えていたときに、突然花楓がマッチングアプリをやろうとしているではないか。

——鈍感どころか、俺を避けている？

以前から、社外に誘うたび「蓮生とふたりで行ったら誤解されるから」と断られていた。

つまり、敦貴がモテるせいで彼女は距離を詰めさせてくれないのだ。

社内恋愛お断りのレッテルが、いっそう対象外だと自分を締め出す。

自分で自分の首を絞めるとは、このことだ。

こうなったら、禁断の手を使うしかない——

前々から、祖父が花楓の祖母と観劇友だちであることは知っていた。

いつか、何かのタイミングで話題にできるかもしれないと思いながら、今まで裏返しておいたカードである。

折しも、祖母が骨折して入院中。

敦貴は祖父に頼み込んで、見合いの席を設けてもらった。

「まったく、じじいに頭を下げるほど、そのお嬢さんに惚《ほ》れとるとはな」

「ああ、そうだよ。だから頼む」

「自分でどうにかしようとしないのかねえ」

「自分でどうにかしようとして、頭下げてるってわかんないのかな」

「ん？　懇願が足りんようだが」

「っっ……、お願いします、おじいさま」

「よしよし。それじゃあ桑原さんにお願いしてみるとするか」

そうして、無事、見合いにこぎつけたというわけだった。

雨の日にタクシーで送ったときには、思わず彼女の部屋に入れてほしい気持ちが高まって、コーヒーを飲ませてほしい、と遠回しに伝えてみた。

花楓はまったく気づかない。

それどころか、コーヒーを奢《おご》ると言い出し、翌週にはその約束すら忘れている始末だ。

――俺のコーヒーは？　いや、コーヒーなんて別にどうでもいいんだけど、桑原に声をかけてもらえるチャンスじゃなかったのか？

自分に興味を持たない花楓は、敦貴にとってたった一輪の高嶺《たかね》の花だった。

その花に憧れ、手折る妄想に耽《ふけ》り、驚くほど一途《いちず》に花楓だけを想い続けた五年間。

もっとストレートに行かないと、彼女は気づかない。鈍感さすら、魅力になる。

だから、見合いの席ではストレートに気持ちを伝えた。

取り繕う余裕もなく、ただ必死だったのだ。

最初で最後のこのチャンスを、絶対に逃すつもりはない。

二十九年の人生で、彼女ほど敦貴を惹きつけた女性はいなかった。

手に入らないから理想化しているのではないかと自分を疑ったこともなくはないが、実際に花楓とふたりで時間を過ごすようになると、彼女を愛しく思う気持ちが加速する。

かわいくて、たまらなかった。

その花を手折りたいと願う気持ちは、世界のすべてから守りたいという傲慢な欲求に変わっていく。

彼女が好きで、どうしようもなかった。

どうしようもないなら、どうするか。

最初から答えは出ていた。

彼女と結婚し、生涯をともにする。

最終的に同じ墓に入るのが目標で敦貴が見合いをセッティングしただなんて、花楓はまだ知らない――

・・・・・|・・・・・・・・・・|・・・・・

「うー、エアコン寒すぎません？」

お盆が近づく、八月二週目の月曜日。

経理部のフロアで、夏海が両腕で自分の体を抱きしめている。

「そうだね。ちょっと寒い」

ブランケットを肩にかけて、花楓も天井を見上げた。

カツカツと勢いのある靴音が、経理部に近づいてくるのが聞こえた。

「ちょっと、経理部さん」

最初から、苛立ちの混じった声だった。

厄介な案件かもしれないとすぐに察して、花楓は椅子から立ち上がる。

相手は営業部のベテラン社員だ。名前は古見田《こみた》といっただろうか。

四十を少し過ぎた彼は「桑原さんか」と、不躾《ぶしつけ》にこちらを睨みつけてくる。

「何かありましたか？」

「何か、じゃないよ。三月末決算分の高額精算が戻ってきてないんだけど？」

三月の決算は、五月末までに支払いを終えているはずだった。

領収書が提出されていれば、受領書がある。

花楓はその旨を説明し、相手も「そんなのは知ってる」と言う。

知っているなら、できれば受領書を見せてほしいところなのだが、たいていの社員はそんなものさっさと捨ててしまう。

経費の支払いは、行われるのが当然のことだ。

了承されない場合には、きちんとその連絡がある。

それもあまり多いケースではなく、大半は申告ベースで精算されるからこそ、彼らは受領書を残しておかない。

「では、こちらに残っているコピーを確認しますね」

「早くしてくれ。こっちだって暇じゃないんだ」

イライラする古見田をよそに、花楓は受領書のファイルを取り出した。

――古見田さん、古見田さん……

三月末決算と言ってくれたから、その時期の受領書を重点的に確認していく。しかし、彼の名前はない。

もしかしたら、提出時期が前後したのかもしれない。

今年の一月から五月まですべて調べたけれど、やはり古見田のいう高額の受領書は見当たらなかった。

――困った。ないものは、ない。

相手に見えないよう、背を向けて小さくため息をつく。

事実を伝えても、納得してもらえるとは限らないことを花楓は知っていた。こと、お金に関する問題はいつだってセンシティブなのである。

「古見田さん、確認しましたが該当する領収書の提出は見当たりません」

「……あ？　どういうことだ。俺の受領書を勝手に処分したってことか？」

「まさか、そんなことはしません。こちらにある情報としては、古見田さんからそういった領収書を提出されていないということで――」

「ふざけるなよ」

きつい目線で射貫かれて、逃げ出したい気持ちが胸を占めていく。

――落ち着いて、感情的にならないように。

新人のころに先輩社員からもらったアドバイスを思い出し、花楓はつとめて冷静に話すよう心がけた。

「いいえ、古見田さんを疑っているわけではありません。ただ、経理としては領収書を提出されたかどうかが重要です。社内では、領収書を提出してもらったら、かならず受領書を双方で持つよう徹底されていて――」

「それを紛失したのは、そっちだろ！」

「……紛失した可能性はゼロではありませんが、わたしたちは手順どおりにファイルをまとめています」

「だから、俺は支払ったって言ってるんだ。調べろよ。ほかにも、何かあるんじゃないのか？」

紙ベースでの領収書管理については、どうしても受領書をもとに検索することになる。

その受領書がないのだから、探しようがなかった。

ちら、と係長のほうに目を向けて助けを求める。

しかし、運悪く係長は電話中だ。

――どうするの、これ。

花楓だって、古見田の言い分に同情する点がないわけではない。

高額の領収書が精算されないということは、社員がその金額をかぶることになってしまう。

――でも、その領収書ってほんとうに提出されてるのかな。

提出したと言い張る者は、過去にもいた。そして、経理の手落ちという結論が出ることはほとんどないのだ。

「すみません。できればもう一度、受領書を探してもらいたいのですが」

「経理部はずいぶん偉そうだな。その支払いがないと困る社員のこともわかんないのか？　おまえらみたいに社内で数字計算してるだけで金がもらえるのは、俺たちが外で仕事とってきてるからなんだぞ！」

彼の言っていることは、ある側面から見れば事実だ。

営業が仕事をとってきて、開発が実質的な作業を行い、社の収益につながっている。

だからといって、経理部が役立たずのように言われる理由はない。

――悔しいけど、反論したらきっともっとひどいことを言われる。

下唇をきゅっと噛んで、理不尽な言葉を受け止めた。

「あの、もしかしたら仮払申請《かりばらいしんせい》を――」

「いいから、俺の経費返してくれればそれでいいんだって。早く調べろよ。こっちはクレカの明細もある」

言いかけた言葉を遮られ、花楓は「もう一度確認します」と小さな声で伝えた。

もしかしたら、自分が見逃しているのかもしれない。

「先輩、仮払のほう、わたし見ておきます」

コピー機を使うふりをして隣に立った夏海が、古見田に聞こえないようこっそりそう言った。

「……ありがとう、夏海ちゃん」

「いえ、大丈夫ですよ」

高額経費に対しては、必要に応じて先に現金を渡す仮払の手続きもある。

そして、何度見てもやはりないものはなかった。再度「見つからない」と告げるのは、心が重い。

――どうしよう。

「あれ、古見田さん、経費精算ですか?」

そこに聞こえてきたのは、敦貴の声だ。

助け舟を期待する気持ちと、自分の仕事なのだから自分でどうにかしなくてはと思う気持ちが、同時に花楓の中に湧き上がった。

「蓮生、ああ、噂の彼女のところに来たのか？　仕事中だっていうのにお盛んなことで」

嫌味《いやみ》な言い回しにカチンと来るが、実際につきあっているから否定するのも悩ましい。

「仕事中に彼女に会える貴重な機会ですよ。ありがたいことです」

さすがは営業職というべきか。敦貴はその程度で気持ちを乱されたりしない。

「はぁ、若いって人生が楽しそうだな。それはそれとして、俺の経費もちゃんとしてくれよ、桑原さん」

少しだけ、古見田の声からトゲが薄れる。

「できることをさせていただきます」

「あー、もしかして古見田さん、受領証明でもなくしたんですか？」

それとなく探りを入れてくる敦貴は、何か訳知り顔にも見えた。

「受領書なんて、みんなすぐ処分してるだろ。経理に保管されてるんだからな」

「ま、それはわかりますよ。なんです？　もしかして、受領の記録がないとか？」

――こっちはきちんと書類保管してるのに！

一瞬、睨みつけた花楓に敦貴が目だけで「任せろ」と伝えてくる。花楓がそう思っただけかもしれないが。

自分に同意してくれる人間を見つけたと思ったのか、古見田が「そのとおり！」と声を大きくした。

「まったく、高額精算ができないなんて、経理で着服でもしてるんじゃないのか？　こっちは汗水垂らして会社のために働いてるっていうのにな」

「うーん、ヘンですね。経理部の受領書の控えもない？」

敦貴がこちらに顔を向ける。

「……はい」

受領書は、ない。

二度確認してもないので、どう見てもない。

「いいんだよ。蓮生には関係ない。俺と経理の問題だからな」

「それが関係あるんですよ。実は、営業部の田野倉《たのくら》が泣きついてきまして」

田野倉は古見田の部下で、二年目の社員だ。

——そういえば、よく営業部の先輩社員たちの領収書をまとめて持ってきてくれる人だ。

敦貴の話によれば、古見田に押しつけられた支払がきつすぎて、田野倉のクレカはパンクしそうになっているという。

それで、他部署ながらも営業として社内で有名な敦貴に相談してきた。

「高い店に行くときは、前もって仮払金申請書を出すよう決まってますよね。そうすれば前払いしてもらえますから」

「…………」

「でも、古見田さん、自分から客に女の子のつくお店の二次会をいつも提案しているそうじゃないですか。令和らしくないですけど、それもまあ、仕事の取り方としては否定しません。その支払を全部田野倉がかぶっていて、もう無理だって言うんです」

――え、そんなことがあったの？

入社二年の田野倉には、あまりに酷な話である。

経理部は、別に経費を出さないわけではない。

敦貴の言ったような店での営業だって、よほどわけのわからない名目でなければ、そして現実的ではない金額でなければ、仮払は行うことになっている。

「そんなの、田野倉が使えないだけだ！」

しんと静まり返った五階フロアに、古見田の声が響いた。

彼も、自分で言っていてバツが悪いのだろう。

ちら、と背後に目をやった。

引き伸ばされた沈黙の膜に、誰もが息を呑んでいた。

それを破ったのは、敦貴だ。

「……俺ね、嫌いです。その言葉。『使えない』って、人間相手に言うことじゃないですよね。だって、人間は道具じゃありませんから」

こんなときではあるが、彼の考えに同意できると思った。

安易に『使えない』という言葉を選ぶ人に対して、不快に感じることは多々ある。

――人間は、道具じゃない。そうだよね。

もしも、意図してそう表現しているのだとしたら、古見田の問題だ。

「いちいちうるさいんだよ、蓮生！」

反論の余地を失った古見田が、顔を真っ赤にして腕を振り回す。

いい大人が、暴れることで何を解決しようとしているのだろう。心のどこかで、ひどく冷めた自分がいる。

なので、花楓のほうに古見田の腕が向かってきていると気づいても、ただ立ち尽くすばかりだ。

このままでは殴られる。

わかっているけれど、体が動かない。

――当たる！

ぎゅっと目を瞑《つぶ》ったのと、

「花楓！」

敦貴の声が聞こえてきたのは、ほぼ同時だった。

何かが、花楓の体を包み込む。

ドン、と衝撃が走って、そのまま体がひっくり返る。

けれど、痛みはなかった。

後頭部に、花楓を守る力強い腕が回されていたから。

——どう、なったの……？

おそるおそる目を開けると、眼前にワイシャツがあった。

香りだけでわかる。敦貴が自分を守ってくれたのだと。

「あつ……蓮生さん……？」

フロアに倒れ込んだのは、敦貴と花楓のふたりだった。

「先輩、大丈夫ですかっ」

夏海が近づいてきて、しゃがみ込む。

「花楓、無事？」

体を起こした敦貴のひたいから、つう、と赤い血が伝った。

——血が！

「ん、ああ、俺は平気だから。花楓は？」

「……っ、大丈夫、です。立ち上がらないでください。頭を打ってるかもしれないから」

敦貴に言ってから、花楓は震える足で立ち上がる。

今さら、やりすぎたと気づいたのか。

古見田が、まだ赤い顔をしたままこちらを覗き込んでいる。

「……古見田さん」

「な、なんだよ。俺は悪くないからな」

「経理部では、きちんと職務をこなしています。社員の皆さんがスムーズに仕事ができるよう、いつも数字が合わないことのないよう必死です。だから、受け取った領収書は丁寧に扱いますし、受領書だってかならずスキャンしてファイリングしているんです」

悔しい、悔しい。どうしようもなく、悔しい。

どんなに証明しようとしても、ないものをないと断ずるのは困難だ。

相手はあると言っているし、実際にクレジットカードの明細も存在するのだろう。

――もう一度、期限切れの領収書を明細から作成して手続きすることも可能だけど、古見田さんが望んでいるのはそういうことじゃなく、今すぐ金を払えと言っているんだ。

「……でも、できることとできないことがあるんです。わたしたちの手元にない領収書については、当然一切の処理ができません。提出したとおっしゃるのでしたら、受領書を持ってきてください。本件についてご納得いただけないようでしたら、わたしが営業部長とご相談させていただきます」

語尾に行くにしたがって、声が震えそうになる。

怖いのではなく、怒りで喉がこわばっていた。

だが、花楓は言い終わるとそのまま頭を下げる。

年上のベテラン社員に対して、失礼な態度をとったと言われるのも癪《しゃく》だ。

「っっ……、確認してからもう一度来る。部長にそんなことで手間をかけるな。勝手に連絡するなよ！」

古見田がフロアを出ていくと、花楓は敦貴に駆け寄った。

「血、血が出てる。医務室に行かなくちゃ……」

「花楓、大丈夫だから、そんなに泣きそうな顔するなって」

「ばか！　でも……ありがとう……」

周囲にどう見られるかなんて、考えられない。

守ろうとしてくれた彼の気持ちが、優しくて温かくて、そしてせつなかったから。

・・・・・┃・・・・・・・・┃・・・・・

ビルの二階にある医務室は、社内の誰でも使えるようになっている。

週に一回、産業医が来る日もあるけれど、今日は常駐の保健師がドアを開けてくれた。

「あら、怪我したの？　頭を打ってないですか？」

看護師資格も持つ、かつては大病院で看護師長を務めた女性がふたりを医務室に入れてくれる。

敦貴のひたいには、花楓のハンカチが押し当てられていた。

事態を確認し、頭は打っていないし、傷口も縫うほどではないと判断した保健師が手当てをしてくれている間に、花楓はハンカチを水洗いする。

「傷が残るかもしれないけど、若いんだし、そのうち消えますよ」

「たいして気になりませんよ」

「男前に磨きがかかるんじゃありません？」

「だといいんですけど」

和やかな会話が耳に届き、まだ自分の心臓がバクバクしていることに気づいた。

――悔しい。どうしてあんなふうに言われなきゃいけないの？　敦貴がかばってくれなかったら、わたしを殴るつもりだったの？

奥歯を噛《か》み締《し》めていても、鼻がツンとしてくる。

こんなことで泣きたくないのに。

気持ちを落ち着けるためにも、流水でハンカチをごしごし洗い、数分経ってから彼のもとに戻る。

「花楓」

「……大丈夫？」

「心配しすぎ。別にたいしたことないって」

そうは言っても、ワイシャツの襟元に血が散っている。

痛々しさに、花楓は眉を歪めた。

「ごめんね。それと、ほんとうにありがとう」

深く頭を下げると、彼が「はいはい、そこまで」と花楓の肩に手を置いた。

「花楓に怪我がなくてよかったよ。ほんとうにどこも痛くないんだな？」

「うん。敦貴が守ってくれたから」

「今日は妙に素直じゃん」

わざと冗談めかした彼の声に、胸が痛くなる。

「……保健師さん、気を遣ってくれたみたいだ。外に出るって」

敦貴が、自分の座るベッドの横をぽんぽんと叩いた。

ここに座れと言っている。

ベッドに腰を下ろすと、顔を上げられなくなってしまった。

怪我をしたのは敦貴なのに、花楓は今にも泣きそうな自分をこらえるので精いっぱいだ。

「花楓」

大きな手が、頭を撫でる。

その手の優しさを、今までも知っていたつもりだったけれど。

――こんなに優しい人を、怪我させるなんて……。ううん、古見田さんが悪いのもあるけど、わたしがもっとうまく話をできていればよかったんだ。

「泣いてもいいよ」

「ど、どうして？　怪我をしたのは敦貴で、わたしは何も……」

「もう、涙声のくせに。いいんだよ。俺の前でだけは、弱いところを見せて。ほかの誰にも見えないように、隠しておくから」

彼に抱きしめられると、ほんとうに世界のすべてから守られているような気持ちになる。

花楓は、もうそのことを知っていた。

最後の意地で立ち上がり、何も言わずにカーテンを閉める。

もしもほかの社員が来たら、困る。

「……花楓？」

黒い目が、じっとこちらを見つめていた。

いつも少し皮肉屋で、ケンカップル扱いされていたときには、彼の饒舌《じょうぜつ》さに言い負かされてばかりだったのに。

「敦貴が、悪いわけじゃないけど」

「うん」

「でも、やっぱり敦貴が悪いんだから……っ」

堰《せき》を切ったように、涙が頬を伝う。

「えー、俺？」

「そ、そうだよっ。わたしのこと、守ったりするからぁ……」

立ったまま、両手で顔を覆った。

指の間から、手首から、涙がこぼれていく。

「なんで離れて泣くかな」

腰を上げた敦貴が、花楓の肘をつかんでベッドに座らせてくれた。

「そっちこそ、な、なんで、泣いていいって言ったくせに、笑ってるの」

「花楓がかわいいせいじゃない？」

「ここ、会社だってわかってるよね」

「忘れた」

左腕で花楓の頭を抱き寄せて、彼がつむじにキスを落とす。

――カーテン、閉めておいてよかった。

「古見田さん、プライベートでもいろいろあるらしくて、たぶん鬱憤がたまってたんだろうな。花楓がかわいいから、八つ当たりしたのかもしれない」

「そんなの、おかしい」

「おかしいよ。俺がそばにいたら、絶対言い負かしてやる。だけど、いつも一緒にいられるわけじゃないから、花楓はちゃんと自分を守ってほしい」

――どうして、そんなに優しくしてくれるの？

きっと、声に出して尋ねたら敦貴は「好きだから」とか「かわいいから」とか、そんな返事をくれるのだろう。

でも、花楓にはわかる。

彼が優しいのは、自分にだけではない。

だから、誰もが彼に惹かれるのだ。社内の女性社員だけではなく、取引先の人たちも、敦貴の祖父も、きっと花楓の祖母も。

——敦貴みたいな、優しい人になりたい。

「よしよし、花楓はがんばってるよ。もう、ちゃんとがんばってる。だから、自分を責めるなよな」

「っっ……そ、そんなこと言われたら、ますます泣く……」

「泣いていいって。俺はかわいい花楓が腕の中で泣いてるのに、わりと興奮できるタイプだから」

「なんの話……？」

「さあ、なんの話でしょーか」

悔しさも、悲しさも、怒りも。

すべてが彼の優しさに包まれて、消えていく。

——わたし、この人のことが好きだ。

不意に、自分が敦貴に恋をしていると気づいた。気づいて、しまった。

「……怪我してたら、できないんだからね」

「は？　ちょっと、それは酷だろ。俺は花楓を守って、名誉の負傷をしたわけで、サービスのひとつやふたつしてくれてもいいと思う」

「治るまでは、ナシです」

「まじか……」

あまりにつらそうな声だったので、花楓は声をあげて笑った。

彼はいつもそうだ。

花楓が負担に感じないよう、笑わせてくれる。

彼の優しさは、以前から知っていた。

そっけなくて、いつもめんどくさそうな顔をしていて、だけどほんとうは優しい。

社内恋愛をしないと宣言したのだって、相手を傷つけたくないから。

領収書だって、いつもぎりぎりではあるけれど、きちんと精算できる期間に提出してくれていた。きっと、精算に間に合わなかったものだってあったと思う。それについては、花楓に文句を言うこともなかった。

「蓮生は、怒鳴り込んできたりしなかったね」

「ん、何が？」

「領収書のこととか」

「あのな、そんなの当たり前だろ」

不満そうな声に、花楓はゆっくりと彼の表情を確認する。

「だけど、当たり前でもひどく言われることもある。わたしたちが悪いみたいに、ちょっとくらい融通してくれればいいって簡単にみんな言う」

「ほんと、代わりに一度、経理やってみればいいのにな」

「……敦貴が言う？」

「俺だから、言う」

これまで、何度見てきたかわからない、片頬だけを歪ませた彼の笑顔。

——見慣れているはずなのに。見慣れて、いたはずだったのに。

胸がきゅううとせつなくなる。

恋をする予定ではなかった。

だけど、恋はいつだってコントロールできない。

——ああ、そっか。

今さら、新人研修のときの化粧室で敦貴を悪く言っていた女性たちを思い出す。

恋愛感情を抱くなと言われて、じゃあ好きになりません、と心を思いどおりにすることはできないのだ。

それを前もって拒絶されるのに、抵抗があっても仕方ない。

——だってわたしも、敦貴のことを……

こんなに、好きになってしまったのだから。

・……┃……・……┃……・

車窓《しゃそう》の景色は、走るほどに緑の割合が増えていく。

外気温は三十五度を越える猛暑日だが、車内はエアコンが効いて快適だ。

ノースリーブのブラウスではさすがに冷えるので、花楓は薄手のノーカラージャケットを一枚羽織っている。

運転席に座る敦貴も、今日は七分袖のロングカーデ姿だ。

袖口から見える腕は、筋肉のラインが魅力的で、ときどき目のやり場に困ってしまう。

「あと十五分くらいで到着」

「もうすぐだね。運転、疲れない？」

「平気。あー、でもどうせなら疲れたって言ったほうがよかったかな」

「？　なんで、そうなるんだろ」

「そうしたら、花楓がホテルでマッサージしてくれるかもしれないから？」

疑問形に疑問形で返事がきて、ふたりはどちらからともなく明るい笑い声をあげた。

八月の山の日を含む三連休。

敦貴の祖父が、関東近郊の高級リゾートホテルを予約してくれた。

祖父母の世代から考えれば、婚前旅行なんて許されるのかと悩みもしたけれど、せっかく部屋を準備してくれたのだから、行かない手はない。

幸い、敦貴が先日負ったひたいの怪我は、もう治っている。

表面が切れただけと言われてはいたものの、実際に出血する姿を見ていた花楓にとって、彼の怪我は不安だった。

——ほんとうに、いいお天気。

窓の外には、濃い青色の空が広がっている。

夏らしく、低層にふっくら膨らんだ綿雲が地面に影を落としていた。

「そういえば、今日の部屋って客室にサウナがあるらしい」

「客室に？」

近年、全国的にサウナブームが起こっている。

温泉などで、サウナや岩盤浴のサービスがあるのは見たことがあったけれど、客室にサウナがついているというのは初耳だ。

そもそも、花楓はサウナに入った経験がほとんどない。

「のぼせないかな」

「あれ、花楓ってサウナあんまり？」

「あんまりどころか、初めてに近いかも」

「へえ、じゃあ、俺がサウナーの流儀を教えてやるよ」

「んん……」

そこまで興味があるかと言われると、返事に詰まる。

――でも、敦貴と一緒だったらきっと何をしても楽しい。うん。

「じゃ、よろしくお願いします！」

「いい返事じゃん。任せとけ」

広がる地平を、まっすぐに道路が貫いていく。

どこまでもこのまま走っていけそうな、爽快感と万能感をハイブリッドカーに乗せて、ふたりのプチ旅行が始まった。


リゾートホテルの名にふさわしく、車を降りると休暇を満喫するのに最高のランドスケープが視界一面に広がる。

太平洋が眼前に広がり、水平線の向こうに積乱雲が層を成す。

鼻先を潮の香りがくすぐって、波音が絶え間なく聞こえていた。

そして、ホテルという名前だけれど個室はすべてヴィラタイプだ。

ホテルの敷地内に戸建てがいくつも立ち並び、そのひとつひとつが個別の部屋になっている。

洋風の建物に入ると、リビングは白木のフローリングで大きな窓から光が射し込《さこ》んでキラキラと空気が輝いていた。

「広っ……！」

バカンスを意識して選んだストラップサンダルを脱いで、花楓は荷物を玄関に置いて室内を見て回る。

「ね、敦貴、すごいよ。お庭にプールがある」

「全裸で泳げそう？」

「なっ……」

「隣の個室から見えないといいんだけど。俺の花楓をほかの誰かに見せるわけにはいかないからな」

「プールは水着でいいじゃない！　お風呂は別なんだから！」

そう言ってしまってから、これでは一緒に入浴すると思われても仕方ない言い方だと気づく。

「ふうん？　だったら、お風呂を楽しみにするか」

「……っ、それより、こっちにあるのがサウナかな。えーと、フィンランド式って書いてあるけど」

サウナに種類があるなんて、花楓は知らない。

「へえ、フィンランド式なんだ」

「ほかに、何式があるの？」

「…………日本式？」

たっぷり間をとった結果、返事があまりに曖昧で、また笑ってしまう。

ふたりでいると、何をしていても楽しい。

こんな些細な会話すら、幸せを感じられる。

——つまり、敦貴もそれほどサウナに詳しいわけじゃない、のかな。

プールのある中庭に、円形の小さな小屋がある。それがフィンランド式サウナらしい。

正面から見て丸い建物というのは、なかなか珍しいものだ。

ガラス戸の向こうに、木製のベンチが見える。

「うちのじいさんが妙にサウナ好きで、実家にもあるんだよな……」

「えっ、すごい！」

サウナが流行《はや》っているのは知っていたが、自宅にサウナを設置することができるのか。

——それとも、嘉珠屋の社長だからできること？

なんにせよ、花楓のひとり暮らしのマンションには置けそうにない。

「早速、入ってみる？」

「いいの？」

「もちろん」

と、言われても、まずはサウナの利用方法を確認するところからスタートだ。

部屋に備え付けの使用手順説明をめくると、イラスト付きのわかりやすい解説が載っていた。

「えっと、水着で入ったほうがいいのかな。それとも、Tシャツと短パンみたいなほうがいい？」

「全裸も可能だけど」

「それは却下で！」

「ま、サウナで欲情するのは、俺もつらいしね」

――しないでいい！

頬をひと刷毛《はけ》、赤く染めて、花楓は頬を膨らませながら敦貴を睨む。

「何そのかわいい顔。サウナの前に俺がほしくなった？」

「そんなこと言ってませんっ」

「ベッドの中では言ってくれるのにな……」

「あーつーきー？」

「あはは、顔真っ赤」

花楓は脱衣所で着替えることにし、荷物を持って移動する。

「着替え、手伝おうか？」

「結構です！」

すげない返事でドアを閉めると、リビングから敦貴の笑い声が聞こえてきた。

会社では、聞いたことのない声。

――そういえば、最近あんまり片頬だけの笑顔、見てないかも。

敦貴にも、仕事とプライベートで違う顔があるのかもしれない。それを見せてもらえるのは、彼女の特権、だろうか。


サウナの歴史は、二千年以上も昔に遡る。

今回のフィンランド式サウナもそうだが、もともとフィンランドのカレリア地方が起源らしい。

あまりサウナ知識のない花楓は、サウナというとロシアのイメージがあったけれど、それもあながち間違いではなく、カレリアはフィンランド南東部からロシア北西部に当たる地域だ。

フィンランド人たちにとってカレリアは、心の故郷なのだそうだ。

食料を保管するためスモークした小屋が起源で、いつの間にかその場所が沐浴《もくよく》部屋になった結果、今のサウナに結びつく――と、ホテルのパンフレットに書かれていた。

「つまり、わたしたちは今、スモークされる食品……」

髪が乾燥で傷むのを防ぐため、手順に書いてあったとおり、ターバン風にタオルを巻いた花楓は吐息まじりにつぶやいた。

「あー……、なるほど、スモーク……」

敦貴の返答も、どこかぼんやりしている。

それもそのはず、ふたりはサウナ室で汗だくになっていた。

室内には木製の、三段の高さがあるベンチが設置されている。上のほうに座るほど温度が高くなるため、初心者の花楓は二段目に座った。敦貴も隣に座っている。

壁には砂時計がかかり、部屋の隅にはサウナストーブが、その中に熱されるサウナストーンがあった。

サウナストーブの横には、バケツと柄杓《ひしゃく》が並んでいる。これについては、サウナに入る前に説明書で読んで知っていた。

ロウリュといって、サウナストーンに水をかけることで蒸気を発生させ、湿度を上げるものだ。バケツの中には、水とアロマオイルを入れてある。いくつかアロマを選べたので、柑橘《かんきつ》感の強いものを選んだ。

――暑い。肌がじりじりする。頭の中まで、熱が上がっていくみたい。

肌を伝う汗が、水着に染み込んでいく。

ふと隣を見ると、敦貴はタオルを頭にかぶって、開いた膝の上に両肘をかけた格好だ。まるで、試合後のボクサーを思わせる。

健康的に日焼けした肌を汗がしたたる姿は、やけに色気を感じさせた。

背骨のくぼみを、つう、と汗がひとすじ流れていく。

「……きれい」

無意識に声に出して、花楓はハッと口を手で覆った。

「きれい？　何が？」

「敦貴の背中」

「え、ちょっと意味わかんないけど……」

――だって、きれいだったから。

汗で濡れた肌が、薄暗いサウナでは健康的な色香を放つ。

きっと、彼とこうしてサウナに入らなければ気づかなかった。

――すてきな体験をさせていただいて、敦貴のおじいさまに感謝だなあ。

こういうとき、彼が御曹司なのだと思い出す。

砂時計の砂が落ちきり、ふたりはもつれるように外のプールへ向かう。

体に水を軽くかけてから、プールに体を沈めていく。

「っっ……！　冷たい、すっごく冷たい！」

これほど、高低差のある温度に人間の体は馴染《なじ》めるものだろうか。

しかし、サウナの使い方として、サウナと水風呂を繰り返すと書かれていた。

「あー、冷たいけど気持ちいい……！」

すでに水に馴染んだらしい敦貴は、プールに仰向けに浮かんでいる。

サウナ室で見るのとはまた違う、陽光を浴びた彼。

男性にしては長めの黒髪が、水面にゆらゆらと揺れた。

「サウナって、なんかすごいね」

「ははっ、花楓の見たことない表情、見ちゃったかも」

「え、わたし、ヘンな顔してた？」

「さて、どうかな」

「もう！」

二分ほどプールで体を冷やしたら、今度は屋根付きのカウチベッドで体を休める。

このルーティンを繰り返すと、いわゆる『ととのう』という状態になるらしい。

「ビール飲みたくなる」

「終わったら、飲む？」

「いいな。でも、サウナのあとはマッサージだから」

「えっ、それって……」

——まさか、エッチなマッサージの意味じゃないよね⁉

そんなことを考えたのが恥ずかしくて、花楓は言葉の続きを呑み込んだ。

「あれ、花楓サン、何か期待してますぅ？」

わざと敬語で話しかけてくる敦貴は、目を細めて花楓をからかっている。

「違いますっ。サウナのあとは、よく効きそうだなって思ったの！」

「どんなマッサージを想像したのか、聞きたいけど」

「そろそろ、サウナに戻るよ。ほら、敦貴も！」

プールで冷やして体の表面は冷たくなっているのに、深部体温はまだまだ高い。

ふたりは、その後ルーティンを二回こなし、カウチベッドで三十分ほど休憩してから室内に戻った。

「花楓、水いる？」

「ありがとう、ほしい」

差し出されたグラスは、口を近づけるとほのかに果実の香りがする。

ウォーターサーバーには、フレーバードウォーターが準備されているのだ。さすがはリゾートホテルである。

「んんん、おいしい……。全身に染みわたる……」

「ほっぺた、赤くなってる。火傷じゃないだろうな」

「違うと思うけど、保湿したほうがいいかな」

「あー、すぐにオイルマッサージコースが始まるから、やってもらえる」

マッサージとは聞いていたけれど、コースを予約してくれていたのは知らなかった。

「……敦貴って」

「ん？」

「とにかく、彼女に甘いよね」

「それは間違ってる」

人差し指を立てて、彼がびしっとこちらに突きつけてくる。

「俺が甘いのは、彼女に、じゃない」

「そうなの？」

なんとなく、恋人を大事にする人だろうと想像していたので、彼の返答に花楓は首を傾げた。

「そう。俺が甘いのは、花楓限定。あと、彼女じゃなくて婚約者だから」

「待って、それはちょっと気が早い。ていうか、お試し彼女でしょ」

「俺の気持ちの問題」

――つまり、敦貴はわたしのことを婚約者だと思って接してくれてる、ということ？

言われてみれば、彼の祖父がこの部屋を予約してくれたのも、孫とその婚約者のためと思えば納得だ。

好きだと言ってくれる敦貴に、まだ同じ気持ちを伝えられていない。

――だって、わたしも好きって言ったら、ほんとうにこのまま結婚まで一直線な気がして……

彼を好きだと気づいたばかりで、いきなり結婚はやはりどうしてもまだ早いと思ってしまう。

花楓だって、好きな人とずっと一緒にいたい気持ちはある。

年齢的に、結婚を視野に入れての交際になるのも当然だ。

けれど、友人の結婚式に招待される回数が増えても、自分にとってはまだ現実味がない。

――わたしが、敦貴と、結婚……

「おーい、何をにやついてるんだか知らないけど、そろそろマッサージサロンに移動する時間だ」

「あっ、う、うん、すぐ準備する！」

至れり尽くせりの旅行初日は、まだまだ終わらない。

・・・・・┃・・・・・・・・・・┃・・・・・

夜の中庭に、点々とガーデンライトが光っている。

一面のガラス越しに、リビングからもそれがよく見えた。

プールの水に反射する光は、水面《みなも》を揺らがせていく。

「今日は楽しかった」

ソファに座って、食後のワイングラスを傾ける敦貴が、花楓の目を覗き込んできた。

オイルマッサージでしっかりケアされた彼の肌は、いつにも増してハリがある。美形に磨きがかかったというべきか。

「うん、楽しかったね」

ローテーブルに置かれたチーズとフルーツに手を伸ばし、イチゴをひとつ口に運ぶ。

夕食前にお風呂を使うか迷ったけれど、オイルマッサージでツルツルになった肌を洗い流すのがもったいなくて、今夜はやめておくことにした。

もう一泊する予定だからこその、贅沢な選択だ。

「こんなに幸せでいいのかなって思っちゃう」

「はー、なんかちょっとムカつくな」

「えっ、どうして？」

――わたしが幸せすぎると、ムカつくの⁉

焦ってソファから身を起こした花楓の頬に、敦貴の指が触れる。

「うちのじいさんのおかげで花楓が幸せになってるから。どうせなら、俺が幸せにしたい」

「……敦貴、たまに駄々《だだ》っ子みたいでかわいいね」

「お、言うじゃん」

「それに、もちろんおじいさまに感謝してるけど、敦貴が一緒だから……幸せだって気づいてる？」

頬を撫でる彼の手を、右手でつかむ。

――ありがとう、たくさん、幸せにしてもらってる。

その気持ちを込めて、花楓は彼の手のひらにキスをした。

「今、気づいた。花楓がそんなふうに思っていてくれて、俺もやばいくらい幸せ」

サウナ効果か、はたまたマッサージ効果か。

敦貴の表情がいつもよりぐんと柔らかい。

——どうしよう。キスしたくなる。

優しく微笑む彼が愛しくて、胸がぎゅっと締めつけられる気がした。

好きの気持ちが、全身からあふれ出てしまいそうで。

「敦貴って、魔法使いみたい」

「ごめん、ちょっとわかんないんだけど、なんで？」

「だって、わたしのほしいもの、全部知ってる。なんだって、与えてくれる。どうしてそんなに優しいの？」

——わたしは、敦貴に何もしてあげられていない。むしろ、怪我をさせたのに。

口の中には、まだイチゴの味が残っている。

花楓は、ソファの上で彼との距離を詰めた。もっと、近くにいきたいと思った。

「その、ほしいものの中に俺は含まれてる？」

甘やかな声には、これから始まる夜への期待が漂っている。

「……含まれてる、よ」

顔を近づけて、ひたいをこつんと突き合わせて。

睫毛を伏せたまま、花楓は彼の顎先を指でなぞった。

「くすぐったい」

「うん」

「キスしないの？」

「したい」

「じゃあ、してよ」

夜が、ふたりをいっそう親密にさせる。

ここには、誰もいない。

ふたりきりの、鮮やかな夏の夜。

「キスだけじゃ、足りないかも」

唇が触れる瞬間に、花楓は勇気を出してそう告げた。

それまでおとなしくしていた美しい獣は、許可を得たとばかりに激しいキスで応戦する。

敦貴の噛みつくようなキスに翻弄されているうちに、気づけば体はソファに仰向けにされていた。

「敦貴、ベッドに……」

「待てない」

ひどくかすれた声で、彼がもどかしげにシャツの裾を両手で引き上げる。

花楓の腰を跨いで膝立ちした敦貴は、クロスした腕でシャツを脱ぎ捨てると、ひたいに落ちてきた前髪をかき上げた。

「もう、待てない。花楓がほしい」

「……月、が」

仰向けになって、初めて気づいた。

高い天窓の木枠に刻まれて、月がこちらを見下ろしている。

「月？」

「天窓から、見えるの」

右手をすいと持ち上げて、天井を指す。

敦貴が首だけで振り返った。

黒髪が彼の頬を精悍に彩っている。

「月に見せつけてやろう」

「ん……」

ワンピースの背中のボタンがはずされて。

花楓は、ソファの上で愛しい男の背中に腕を回した。

ソファのクッションが、腰の下でつぶれている。

「んっ……、ぁ、あっ、敦貴ぃ……っ」

じゅぷ、じゅぷっと音を立てて、彼の雄槍が体の中を往復していた。

何度抱かれても、慣れない。深く抉《えぐ》られる感覚は、花楓の脳まで冒していく。

「はっ……、花楓、またイきそう？」

「う、んっ」

脈打つ楔《くさび》を穿《うが》たれて、濡れた隘路がせつなく収斂《しゅうれん》している。

彼を搾り取ろうとする自分の本能が、いっそう花楓自身をも煽っていた。

「すげー締めてくる、ね」

「だ、って……、あ、あっ……！」

ごり、と最奥に彼の亀頭がめり込んだ。

どうしようもない佚楽《いつらく》に、心も体もほどけてしまう。

最初は恥ずかしさに躊躇《ためら》うけれど、感じるほどに彼を欲して脚が開いていくのだ。

――もっと、お願い。あと少しで、イっちゃう……！

「乳首、こんなに赤く勃起してる。かわいいな」

屹立した胸の先端を、敦貴が指で弾《はじ》いた。

ピリッと痛みにも痒《かゆ》みにも似た感覚が走って、花楓は喉を反らして腰を浮かせる。

「ひっ、ぁあッ」

「それに、こっちも」

彼の劣情を受け入れ、これ以上なく押し広げられた蜜口を、敦貴の指がなぞっていく。

「や、あっ、ああ、入ってるのに……っ」

「入ってるのに？　指も入れてみる？」

「ダメっ……、あ、あ、ムリなの。壊れちゃうからぁ」

「じゃあ、ここ？」

つながったままで、花芽を指で撫でられる。

「っっ……！　ぁ、あっ、それ、気持ちいっ……、すごいの、イク、も、ぁあ、あ、あ、イッちゃう……！」

ガクガクと腰を揺らして、今夜何度目になるのかわからない絶頂に追い立てられた。

浅い呼吸にあえいでいると、呼吸の邪魔をしないよう気遣いながら敦貴がキスをしてくる。

ちゅ、ちゅっと唇の端に小鳥みたいなキス。

——気持ちいい、気持ちいい……。どうしようもなく、気持ちよくなっちゃう。

「中、俺に吸い付いてきてるよ」

「ん……、気持ち、い……」

「感じて蕩《とろ》けきってる花楓、最高にかわいい」

つながる部分が、ひどく熱を帯びている。

このまま、溶けてひとつになってしまいそうだ。

「背中、こすれて赤くなってる」

「え……？」

花楓の脇から手を入れて、敦貴が体を持ち上げた。

もちろん、彼の劣情はまだしっかりと奥深く埋め込まれたままである。

「ん、ぅ……ッ」

——角度が、変わって……！

隘路に、ごり、と彼の硬い亀頭が当たっていた。

それまでの抽挿とは異なる位置を刺激され、花楓は達している最中だというのに、また次の波の予感に震える。

「抜きたくない」

「う、ん」

「このまま、ゆっくり……」

ソファの上で、花楓の体が裏返される。

四つん這《ば》いになって膝をつき、お腹《なか》の下にクッションが挟まれた格好だ。

「や、ぁあんっ」

アームレストにしがみついて、抜けかけた敦貴の楔をきゅうと引き絞る。

彼のものが、薄膜越しにもビク、と跳ねるのがわかった。

——こんな格好……恥ずかしい……

獣のまぐわいのように背後から敦貴を受け入れ、腰だけを高く上げた自分は、どれほどいやらしく彼の目に映っているだろう。

せめてもう少し腰を落としたいと、ささやかな抵抗を試みる。

しかし、ずっぽりとハマった敦貴の雄槍がそれを許さない。

「花楓」

「……ん」

「逃げないで」

大きな両手が、左右から花楓の腰をつかむ。

そのまま、さらに高く持ち上げられて、花楓はソファの上でやわらかな黒髪を揺らした。

「ぁ……っ、待って、ん、そこ、ダメ、まだイッてるのに……！」

「俺はまだだよ。わかってる？」

「だけど……」

達したばかりで、すぐに突き上げられるのはあまりにつらい。気持ちよすぎてつらいだなんて、おかしな話だ。

「俺は、まだって言った」

パン、と大きく音を立てて、彼が腰を打ちつけてくる。

「ぁああッ」

切っ先が子宮口まで届き、深く花楓に刻まれていく。

長いストロークで粘膜に彼の形を覚え込ませるように、漲《みなぎ》った亀頭が中を押し広げる。

「んっ、待って、中……」

「気持ちいい？」

「い、い……ッ、ぁ、あ、でも、そんなにしたら……っ」

「うん、どうなっちゃうのか教えてよ」

打擲《ちょうちゃく》音が、広いリビングに響いていた。

ローテーブルに置かれたフルーツの盛り合わせが、ふたりの作る振動で揺れている。

表面に水滴のついたブドウの粒が転がった。

けれど、今はそんなことどうでもいい。

「中、敦貴の形になっちゃう……ッ」

「すげーエロいこと、言ってくれるね」

かすれた声で、彼が満足げに囁《ささや》いた。

「だったら、もっと俺だけの花楓にしてやらなきゃいけないな」

「っっ……、そ、んなの……」

ダメ、と言いかけた唇がわななく。

想像するだけで興奮してしまうのだ。

彼だけのものになりたい、と心が訴える。

このまま、二度と戻れないところまでふたりで堕《お》ちていってしまいたい、と。

「奥、いっぱいかわいがってあげる」

「！　あッ、そこ、ダメぇ……っ」

どちゅ、どちゅッと内臓を押し上げるほどに彼が花楓を食い荒らす。

つかまれた腰に逃げ場はなく、束縛されているからこそ、体に巣食う快楽を逃す術もない。

「や、また、イッちゃう……」

「イけよ。何度でも」

腰をつかんでいた手が、ふたりの動きに合わせて次第に上へ上へとずれていく。

気づけば両手が花楓の乳房を鷲掴《わしづか》みにしていた。

「む、ね……っ、ダメ、一緒に、したら……あ、あっ」

乳首を指腹で転がされながら、情熱的な抽挿に感じさせられて、花楓はこれまでよりさらに鮮烈な果てへと導かれる。

「やあ、あ、っ……イク、イクぅ……ッ」

アームレストに顔を埋め、逃げられない快感を享受した。

こんなにも乱れる自分を、知らなかった。

子宮口に押しつけられた敦貴の亀頭が、ビク、ビクッと大きく震えた。

彼も一緒に達してくれるのだろうか。

そう思ったけれど、果ててはいない。

収斂しきった蜜路は、太幹を引き絞って痙攣《けいれん》している。

痛いくらいの快感に身を焦がし、花楓は肩で息をした。

「何、休んでるのかな」

「え……？」

すでに最奥にめり込む亀頭が、さらに深く押し込まれる。

「っっ……、ひ……ッ」

「イッてる花楓を、もっと抱きたい」

「や、嘘っ……あ、あっ、こんなの……っ」

おかしくなってしまう——

間髪を容《い》れず、敦貴が奥を重点的に突きはじめた。

先端を固定したまま、腰を回しながらの動きに、もう腰を上げていることもできない。

花楓はソファの上にうつ伏せになって、自分の両腕にひたいをつける。

腕立て伏せのような格好で覆《おお》いかぶさる敦貴が、上半身を背中にぴたりと密着させた。

「敦貴、すごいの、熱い……」

「花楓もだよ。溶けちゃいそうだ」

「いい？　敦貴も、気持ちい……？」

涙声で尋ねる花楓を、敦貴がきつく抱きしめる。

「いいよ。最高に気持ちいい。だから、俺もイカせてくれる？」

「んっ……」

月光の降り注ぐソファで、花楓は必死に顔だけ敦貴を振り向いて。

「イッて……？」

涙目で見上げた彼は、驚いたように眉を上げる。

「わたしで、イッて、敦貴。もっとして、好きに、敦貴の好きにして……」

「か、えで……」

ドクン、と彼の劣情が脈を打つのがわかった。

驚きは、やがて幸福そうな笑みに変わっていく。

「嬉しいよ。でも、そんなこと言って、俺にどうされるか怖くない？」

「怖くない。敦貴なら、平気……」

「ばーか。ほんと、おまえ――かわいすぎるんだよ」

ふ、と目を細めた彼が、困ったように、けれど嬉しそうに口角を上げた。

そして、次の瞬間――

「ひ、ぁああンッ！」

全身全霊をかけて、敦貴が花楓を突き上げてくる。

「一緒に、感じて」

「んっ、ん、ぅ……っ、ぁ、ああ」

「もっと、俺だけの花楓にするから」

「あつ、き……っ」

「ははっ、またイッてるね。突くたびに、いっぱいあふれてきてるよ」

余裕のない彼の声が、いっそう心を狂わせる。

快楽は、体だけでは足りないのだ。

いつだって涼しい顔をしている彼の、狂おしいほどの興奮が伝わってきて、花楓はいっそう快感に支配されていく。

それはきっと、敦貴も同じだろう。

互いの悦びを分かち合うことで、より深く甘い佚楽へと上りつめていくのだ。

「は……ッ、そろそろ、限界かも」

「わ、たしも……、敦貴、お願い、一緒に……」

「ああ、一緒に」

内腿《うちもも》が震え、彼を締めつける蜜口がきゅうとせつなく引き絞られる。

――また、イッちゃう。敦貴に、何度もイカされてる。

「あっ、ぁ、あぁぁあああッ……」

「花楓……！」

入り口から奥に向けて、花楓の濡襞が敦貴を食いしめた。

彼の情動を搾り取るような動きに、ふたりは同時に体をこわばらせる。

薄膜越しに、敦貴が遂情するのが伝わってきて、花楓はぎゅっと両脚に力を込める。

「く……っ」

最後の一滴まで絞り出そうというのか、彼は達しながらまだ隘路を往復して。

「こんなの、俺のほうがとっくに虜《とりこ》になってる」

――敦貴……？

「もう、絶対逃がしてなんかやらないからな。覚悟しろよ？」

彼の声が遠くなるのは、意識が薄れていくせいだ。

――大好き、だよ……

けれど、その想いはまだ彼に届いていない。

この旅行中に言えるだろうか。

いや、まだ――

・・・・・・・・・・・・

東京が近づくほど、車内のふたりは無口になる。

ホテルを出たときには、サウナが楽しかった、マッサージがすごかった、と旅の思い出を語っていたのに、離れるときが寂しくて口数が減っていくのだ。

「なんだか、寂しいな」

「！」

先にその事実を認めたのは敦貴のほう。

「わたしも同じこと、思ってた。旅行って終わりに近づくと寂しくなるね」

「そう。あんなに楽しかったのにな」

連休最終日の都心は、車の数も多い。

三鷹まではまだ時間がかかるとわかっているのに、心がざわつく。

ああ、そうか、と花楓は初めて気づいた。

離れがたいからこそ、ずっとそばにいるために、人は結婚するのかもしれない。

——結婚、する気なんだよね。ほんとうに……？

お試し交際なんて、すでに名目でしかない。

完全に、恋人同士の時間を共有している。

「ところでさ、俺たちの関係なんだけど」

「え、あ、うん」

「なんだよ。ずいぶん焦るじゃん？」

「だって……」

ちょうど、同じようなことを考えていたから。

とは言いにくくて、花楓は肩をすくめた。

「言いたいことがあるなら、そっちからどうぞ」

「いいよ、敦貴どうぞ」

「なんで？　俺は、花楓の気持ちが聞きたい」

花楓の気持ち。

彼の言う意味がわからないほど、花楓だって鈍感ではない——と思う。

——敦貴は、もう伝えてくれてる。わたしのことを、好きだって。

好きだよと言われるたび、胸がきゅうとせつなさに震える。

喜びは全身を巡り、泣きたいくらいに嬉しくなってしまう。

——わたしが、好きって言ったら敦貴も同じように喜んでくれるのかな。伝えたい気持ちはある。でも……

足踏みしている理由はひとつ。

互いの気持ちを確認したら、ほんとうにこのまま結婚一直線になりそうだから。

もちろん、ずっと彼と一緒にいる未来に憧れる気持ちはあって。

同時に、結婚を自分から遠くにあるものと思っていた時間が長すぎるせいで、まだ身近に考えられない。

──好きなのは、間違いない。それを伝えたいとも思う。

それでもなお躊躇する花楓は、自分がこんなに意気地なしだったことに少なからずショックを受けていた。

「……お試し、もう終わりでもいいかなって」

精いっぱいの勇気を振り絞り、選んだ言葉は気持ちではなく状況を変えるひと言だ。

「終わりって、どういう意味で？　あ、俺は正式な婚約者になるほうの道しか持ち合わせてないけど」

「それなんだけど！」

顔を上げて、運転する彼を見つめる。

「お試し交際を終わりにして、正式な恋人になるっていうのは……どうかな？」

婚約者ではなく、恋人。

──だって、恋人の時間をもっとたくさんふたりで分け合いたい。

一足飛びに未来を決められてしまうのは、まだ怖いと思う。

「――花楓は慎重だな」

信号を左折して、車は三鷹方面へ向かう。

彼の声が、夕暮れの中で少しだけ寂しそうに感じたけれど、気のせいだろうか。

「わかった。俺は好きな女の意見を尊重する。正式な恋人、よろしく」

「う、うん」

――どうしてだろう。

恋人になった喜びではなく、彼に本心を明かせなかった罪悪感が胸を占める。

好きだと、言えばよかった。

自分だけが甘やかされているこの状況を、少しでも変えるつもりがあるのなら、好きだと伝えるべきだった。

夕陽が都心のビル群を染めていく。

オレンジ色ににじむ街は、言葉もなくふたりの乗る車を見送っていた。

・・・・・┃・・・・・・・・・・┃・・・・・

「あー、やっと終わった！」

後輩の夏海が、椅子に座ったままぐんと腰をそらし、両腕を天井に突き上げる。

八月の最終日は、ひどく暑い一日だった。

二十七度設定の冷房では間に合わないほどの猛暑日に、今日は諦めてフロアの設定温度を下げるほどである。

「先輩、今日ってご予定あります？」

「んー、特にないけど」

「だったら、この前話してたビアガーデンに行きませんか？　夏が終わっちゃう！」

カレンダーが九月に変わったところで、夏が終わってしまうとは考えにくい。

だが、夏海のいう夏の終わりを、やはり花楓も感じる部分があった。

小学生のころ、八月三十一日は特別な日だった。

日焼けした腕も、がんばって作った自由研究も、夏の思い出をつづった絵日記も、九月になれば過去になる。

たった一日、日を跨ぐだけで夏休みは新学期に変わる。その境界線。

「あ、でも先輩は今年、ビアガーデン行ったんですよね。抜け駆けだなあ」

「抜け駆けって」

苦笑する花楓の二の腕を、夏海がツンとつついてきた。

すでに社内では、敦貴と花楓が交際していることは完全に知れ渡っている。

以前のケンカップル疑惑ではない。ふたりが認めているのだから、これは公式情報だ。

「いいなあ。蓮生さんとふたりでビアガーデン、女性社員みんなから嫉妬されても仕方ないですよ、これは」

「う、うん。そうかもしれないね」

五階のエレベーターホールへ歩いていくと、立ち話をしている男性社員ふたりの姿が見えた。

――あれ、あの人……？

見覚えのある片方は、システム営業部の男性である。

「そういえば、蓮生と『経理の桑原さん』って、まじで付き合ってるんでしょ」

「それな。ケンカップルって前々から言われてたけど、蓮生が認めたらしい」

自分の噂をしているところに居合わせるのは、それが真実であっても少々気恥ずかしい。

かすかにうつむいて、つま先を見ながら歩いていると、さらにふたりの会話が続いていく。

「でもさ、蓮生ってたしかずっと振り向いてくれない女を追いかけてるって去年の飲み会で言ってたよな」

「珍しくかなり酔ってたときだろ」

「そうそう」

――え……？

「何年も片思いしてるなんて、あいつにしては一途だなって思ったから覚えてる」

「あのころ、もう桑原さんとつきあってるって噂はあったよな。それのどこが一途だよ」

「うーん、わかんないけど」

キーンと耳鳴りがして、ふたりの声がぼやけていく。

けれど、間違いなく聞いた。

——敦貴には、好きな人がいるってこと……？

皆が誤解していたケンカップルという関係性について、花楓は真実を知っている。

あのころのふたりは、つきあってなどいなかった。

敦貴がいつも、周囲を誤解させるような素振りをしていただけである。

——だとしたら、一途に誰かを想っていたとしてもおかしくない。もしかして、その誰かに振り向いてもらえないから、結婚相手にわたしを選んだの……？

そもそも、見合いのきっかけは彼の祖母が入院しているからだ。

祖母に安心してもらうために、敦貴は結婚を望んでいる。

好きだと言ってくれたのは、花楓が彼と結婚する気になるよう仕向けるためだったとしたら。

——わたしを、騙してた？　そんなわけがない。敦貴は、わたしのことをずっと好きだったって言ってくれて……

「先輩、大丈夫ですか？」

「……うん、ごめん、ちょっと」

顔面蒼白《そうはく》になった花楓は、バッグをぎゅっと胸に抱きしめてゆっくり顔を上げた。

「ビアガーデン、また今度でもいい？　わたし、仕事残ってるの思い出しちゃった」

「え、先輩？」

「ほんとごめんね」

来た廊下を戻って、花楓は経理部のフロアへ逃げていく。

彼を信じる。信じたい。

——敦貴から聞く言葉だけを真実だと思いたい。なのにどうして？　どうしてこんなに不安になるの？

突然のお見合いも、告白も、ふたりで過ごした時間も。

何もかもが、幻だったように思えてくる。

背後で、「おい」「うわ、やばい」と男性社員たちの声が聞こえた。彼らは何も悪くない。

——ただ、わたしが浮かれていただけ。

夏の終わりは、花楓の足元をぐらつかせる。

自分が立っているのは、砂上の楼閣だと気づいてしまった。

こんなことなら、何も知らずに結婚の約束でもしておいたほうがよかった。

——当たり前だ。あの蓮生が、ずっとわたしを好きだったなんて、そっちのほうが不自然だもの。あーあ、わたしは誰かの身代わりだったのかな。だけど、それでも……

幸せだったのに、と花楓は悲しい笑みを浮かべた。

第四章　これが本気のプロポーズ！

――ずっと振り向いてくれない彼女。

夜の会社で、花楓《かえで》はひとり休憩室のベンチに腰かけている。

仕事が残っていたなんて、あからさまな嘘だった。

実際、オフィスに戻ったところで特にやることはない。

行き場を求めてたどり着いたのが、休憩室だった。

「はあ……」

自販機で購入したミネラルウォーターのペットボトルを手に、所在なくキャップを開けては閉める。

そのたび、ボトルの中の水がちゃぷんと小さな音を立てた。

――敦貴のずっと想っていた相手は、わたしではない、よね。

誰かの噂話を全面的に信じるのは、あまり得策ではない。

だが、それはそれとして納得できる部分があるのも事実なのだ。

同期入社して、五年。

いくらなんでも、「ずっと」の相手が自分だと思うほど、花楓だってずうずうしくない。

まして、相手はあの蓮生敦貴なのだ。

――ほかに、好きな人がいるの？

だとしても、責められるわけがない。

最初から敦貴は「結婚して、入院している祖母を安心させてあげたい」と言っていた。

つまり、結婚相手なら誰でもよかった。

――わたしじゃなくて、ほかの誰かでも。ずっと想っているその人でないなら、誰でも同じ。

とても残酷で、やりきれないほど優しい。

そして、優しいからこそ、敦貴は自分のことを「好き」と言ってくれているのかもしれない。

――でも、わたしはわりとおばあちゃん受けがいいから、結婚相手としては悪くないって判断なのかも？

すべてを求めて手に入るわけがないことを、誰もが知っている。花楓も知っている。

ぐるぐる回る感情は、ここに答えがないからこそ回りつづけるのだ。

――だとしたら、こんなこと、考えたって無駄。

ほんとうのことは、敦貴に聞かなければわからないのだから。

――やっぱり、敦貴がほんとうに好きな相手と結婚しなければ意味なんてない。ねえ、敦貴、あなたはそのことを知ってる？　わたしは、わたしはね……

彼を好きでたまらない。

結婚云々《うんぬん》は別として、ただ、彼を好きになってしまった。

だからこそ、敦貴がほんとうは別の人を想っているのなら、彼の幸せのためにはこの関係を続けてはいけない。

——ちゃんと、話そう。勝手に思い悩んでばかりいたらダメだ。

意を決して、スマホを手に取ると花楓はメッセージを送る。

「よし、帰ろう。いつまでも会社にいたって、意味ない」

ベンチから立ち上がると、結局ほとんど飲んでいないペットボトルをバッグにしまった。

・・・・┃・・・・・・・・┃・・・・・

「えっ……！　マジか」

客先での打ち合わせを終えて、夏の夜に踏み出した敦貴は、ポケットから取り出したスマホを見て目を瞠る。

表示されたのは、花楓からのメッセージが一件。

『週末に会いたいんだけど、時間ある？』

恋人なら、飛び上がって歓喜するほどの出来事ではない。

しかし、ふたりの関係は敦貴が強引に推進してきたものだ。

彼女のほうから誘ってくれるのは、もしかしたら初めてではないだろうか。

――もちろん会える。なんなら、土日どっちも。

浮足立つ心を押さえつけ、通行の邪魔にならない場所に立ち止まり、返事を送る。

『今週末は今のところ予定なし。花楓はどっちが都合いい？』

本音を言えば、金曜の就業後にそのまま敦貴の自宅に連れ帰り、土日は一秒も離れずそばにいたい。

けれど、あまり強く要求したら、花楓は腕の中からすり抜けていってしまいそうだ。

地に足をつけて、堅実に生きている、彼女。

それなのに、なぜだろう。

外見の儚さゆえなのか、花楓には妙に存在が希薄なところがあった。

腕に抱きしめているときは、体温に鼓動に息遣いに安心する。

だから、と敦貴は思う。

――だから、ずっとそばにいてほしい。離れているとき、花楓がどうしているか気がかりなんだよ。俺のために、そばにいてくれよ。

まったく、いつから自分は花楓中毒になったのか。

彼女は魅惑的で、一度味を知ったら決して手放せない甘い薬だった。服薬できないにしても、この手に握りしめていたい。

ほかの誰かに、奪われるわけにはいかないから。

『じゃあ、土曜日のお昼でどうかな』

――なんだよ。俺のこと、好きになった？

すぐに返事が来て、思わず笑顔がこぼれる。

そういえば彼女は、まだ一度も敦貴に対して「好き」とは言ってくれていない。

恋愛対象として見ていないとまでは言わないけれど、はっきり言葉にするほど、花楓の中で感情が定まっていないのだろう。

急がせるつもりはない。

だが、急《せ》かしたくなるのも正直な気持ちで。

『俺の家に来る？　それとも、そっちに行こうか？』

『敦貴のマンションに行っていい？』

『了解』

そっけない返事をしておきながら、心の中ではガッツポーズを決めていた。

彼女が、自分から敦貴に会いたいと言って、敦貴のマンションに来たいと言う。

祖父が予約してくれた――と花楓は思っている、あの旅行。

ほんとうは、旅行会社に勤める友人に頼み込んで、敦貴が準備したものだった。

花楓に負担に思われたくなかっただなんて、真実を知ればいっそう彼女が恐縮する。もしくは、ちゃんと言ってほしかったと叱られるだろう。

——たとえ、偽りの関係から始まっても、俺の気持ちは嘘じゃない。

きっかけである見合いすら、敦貴がセッティングしたのだから、ある意味今さらではある。

——いい加減、明かしたほうがいいのかもしれないな。

いずれ、すべてを告げる覚悟はあった。

ただし、それは彼女が敦貴への気持ちを自覚したあとのほうがいい。

お試し交際のお試し部分がなくなって、正式な恋人同士になったとはいえ、まだ始まったばかりのふたりの間に、どんな些細な波風も立てたくはないのである。

——花楓、俺を好きになって。俺と同じくらい、好きになればいい。

切実な想いとは裏腹に、直帰する敦貴の足取りは軽かった。


うきうきしながら、部屋の掃除を済ませて彼女の訪問を待つ土曜日。

敦貴の部屋には、らしくもない生花まで飾ってある。

それなのに、なぜだろう。

部屋に来た花楓は、妙によそよそしい。

——何か、様子がおかしいな。

「花楓、ソファに座ってて。飲み物は何がいい？」

「あの……敦貴」

静かだが、決意のこもる声で名前を呼ばれる。

キッチンに立つ敦貴が振り返ると、彼女はまっすぐにこちらを見つめていた。

「今日は、ちゃんと話したくてきた」

何かに気づかれたのかもしれない。

だが、いったい何に？

彼女に明かしていないことは、いくつもあった。

祖父に頼み込んで見合いの席を設けてもらったこと。

先日の旅行も、実は敦貴が準備したものだったこと。

それから——五年もの間、ずっと彼女に片思いをしていたこと。

「話って？」

けれど、敦貴は涼しい顔を装って、何食わぬ素振りで尋ねる。

花楓が何かの決心をしているのは、表情と声からわかっていた。

だが、彼女がどんな気持ちでいようとこの関係を終わらせるつもりはない。

敦貴には敦貴の強い意志があって、花楓とつきあっているのだから。

「敦貴って、もしかしてずっと片思いしてた？」

「…………」

直球がみぞおちに打ち込まれる。

動揺しそうになるのを、かろうじて押し留めた。

――なんだよ、それ。ずっと花楓を好きだった。五年も片思いだなんて、気持ち悪いとか？

だが、彼女がそんなふうに考える人でないことは敦貴もよく知っている。

だとしたら、なぜこのタイミングでいきなりそんなことを言い出したのか。

――考えろ、考えろ、俺。花楓が何を知りたくて、質問してきたのか考えろ。

真顔でいると、機嫌が悪そうに見える。

昔、花楓にそう言われてから、彼女と話すときにはなるべく気持ちを顔に出すよう気をつけてきた。

だが、今は。

――この無表情が、役に立つ。

じっと彼女を見つめて、敦貴は言葉を選んだ。

「そうだよ。ずっと、片思いをしてきた」

――好きだと伝えた。俺の気持ちは知ってるはずだよな。

心は口よりずっと雄弁で、どうでもいいことは茶化して話せるのに、本音は往々にして重く鈍い。

「ただの確認。だったらどう、ってことじゃなくて」

先に目をそらしたのは、花楓だ。

気まずそうに背を向けて、彼女が窓際に立つ。

そのうしろ姿が、自分を拒絶しているように見えた。

「……花楓？」

もしかしたら、彼女はこの関係を終わらせようとしているのかもしれない。

嫌だ、と心が叫ぶ。

――この一カ月、ふたりで過ごした時間をなかったことになんてできるかよ。

「知らなかったな。ずっとって、どのくらいずっと？」

「五年」

肩口で揺れる彼女の髪が、泣きたくなるほどきれいだった。

「五年、かぁ。わたしたちが知り合ってすぐ？」

「そうだね。わりとすぐだと思う。気づかなかった？」

決定打から逃げたくて、あえて冗談めかしてしまう。

すると、彼女がくるりと振り向いた。

白目部分がかすかに赤くなっている。

もしかして、昨晩はあまり眠れなかったのか。

「敦貴はさ、ちゃんと好きな人とつきあわないとダメだよ」

今にも消えそうな儚い笑顔で、彼女が言う。

意味がわからず、一瞬、完全に沈黙した。

――俺は、好きな女とつきあってる。それが花楓だ。

「……は？　何言ってんのかわかんないけど」

何度も好きだと言葉にした。

何度もキスして、抱いて、愛情を捧《ささ》げてきた。

「俺が好きなのは花楓だって知ってる？」

たしかめるように尋ねると、彼女は泣きそうな顔で微笑んだ。

「おばあさん想いなのはわかってるけど、きっと敦貴のおばあさんだって、ほんとうに好きな人と幸せになる敦貴が見たいんだよ。誰でもいいわけじゃないし……」

「だから、俺が好きなのは花楓だ！」

同じことを二度繰り返した敦貴に、花楓は微笑んだままだ。

「わかってるでしょ？」

「何が」

「だから、ほんとうに好きな人と――」

「わかってないのは、そっちだ」

広いリビングを一気に突っ切る。

言葉が届かないのなら、できることは限られてくる。

――俺が誰を好きか、わかってないなら何度でも教えてやるよ。

「あつ……ん、ぅ……！」

名前を呼ぼうとした唇を、無視してキスで塞ぐ。

強引なのは、最初からだったと知っていて、だからこそ彼女の気持ちを優先してつきあっていこうと決めていた。

なのに結局、自分にできることは奪うことしかないのかもしれない。

――嫌だ。奪いたいわけじゃない。俺は花楓を愛したいだけなんだ。

「待って、ちゃんと話を……」

「わかってる」

あらがう腕に、そっと体を離した。

彼女の気持ちを大事にしたい。

彼女を愛する自分の気持ちよりも、花楓の心をより大切にしたいと、思っているのだ。

「ごめん。強引すぎた。でも、頼むから勘違いしないで。俺が好きなのは――」

どうしようもないほどに、心がひりついた。

こんなに好きなのに、まだ届かない。

やっとうまくいったと思っていたのに、彼女はどうして。

見下ろした視線の先。

花楓は、目に涙をためている。

「敦貴が好き」

「……え、あ？」

「わたしは、敦貴のことが好きなの」

あまりに唐突な告白に、間の抜けた声が出た。

二度繰り返されて、彼女が苦しそうに嗚咽《おえつ》を漏らしているのに気づく。

——いや、待て。俺もおまえが好きなんだから、泣くことなんてないだろ!?

初めてはっきり言葉で言われて、思わず動揺する自分を隠せない。

しかし、花楓は両手で敦貴の頬を挟む。

彼女の目から、透明なしずくがこぼれていった。

「好きだから、好きな人には幸せになってもらいたいって思うの。ね、敦貴。——ううん、蓮生、は、ちゃんと好きな人と結婚したほうがいいよ」

「……もう一度言う」

「うん」

「わかってないのは、そっちなんだよ」

たぶん、同じくらいわかっていない敦貴は。

愛しい女の唇に、心のすべてを伝えたくて、キスをした。

「俺が好きなのは、五年前からずっと花楓だけだ」

・・・・・・・・・・・・・・・・・・・・・・・・・・・・・

——敦貴……？

唇は、涙の味がする。

敦貴が執拗《しつよう》に舌を捏《こ》ねてくるので、涙味のキスから逃れられない。

——ほんとうに、信じていい？

人は嘘をつくことができる。

自分を、あるいは誰かを守るために。

真実を知られないために。

利益を奪われないために。

欲望を押し通すために。

さまざまな理由で嘘をつき、そのために言葉を駆使する。

——わたしを好きと言ったのは、嘘じゃないってこと？　だとしたら、敦貴が片思いしていた相手はわたし？

どんな言葉で嘘をつくことができたとしても、キスはどうだろうか。

こんなにせつないくちづけが、彼の嘘なのだとしたら。

——そんなの、一生騙されるほうがいいかもしれない。

「ん、ん……」

「は……、またソファってのもひどいよな」

「え……？」

キスの合間に呼吸を整える花楓は、敦貴の言葉に首を傾げる。

「つかまってろよ」

「え、あっ！」

ぐいと一気に体を持ち上げられて、反射的に彼の首にしがみついた。

長い脚が大股にベッドへ向かい、宝物を扱うように優しい手付きでベッドに横たえられる。

こちらを見下ろす彼の目は、いつもと同じく——いや、いつもよりずっと、優しかった。

「なあ、花楓」

「……うん」

着ていたシャツを一気に脱ぎ捨て、彼がのしかかってくる。

何も言わない敦貴の瞳が、沈黙の中で何かを伝えようとしてくれているのがわかった。

——だけど、何を？　わたしは、何をわかっていないの？

息を呑んで、彼の言葉を待つ。

心臓が痛いくらいに鼓動を鳴らした。

どんな真実であれ、敦貴が与えてくれる言葉なら受け止めよう。

——この関係のすべてが、嘘だったと言われても……

覚悟を決めて、花楓はぎゅっと奥歯を噛みしめる。

けれど、敦貴は右手を伸ばして花楓のひたいに——

「痛《いた》っ！」

突如、デコピンをかましたではないか。

「なっ、なんで……？」

「はい、理由は簡単。花楓が鈍感だからです」

「ええ……」

ベッドに膝立ちになった敦貴が、ベルトの金具をはずす。

その途中、彼は一度こちらに視線を向けた。

そして、

「俺の気持ちを思い知れ。——大好きだよ？」

また泣きたくなるほど優しい笑顔で、愛の言葉を吐き捨てた。

「あ……っ、そこ、ダメぇ……っ」

大きく開かれた脚の間に、敦貴が唇を寄せる。

「駄目？　体は期待してそうだけど」

――いつもの、笑顔……。

片頬だけを歪ませる、彼の特徴的な笑みは、ベッドの上で見るとやけに色っぽく感じる。

内腿を両手で左右に押し広げたまま、敦貴が柔肉の亀裂にキスをする。

「っっ……！　ひ、ぁあンっ！」

かすめるような、優しいキス。

なのに、花楓の体は言い当てられたとおり、ひどく期待に高ぶっていた。

――すごく濡れちゃってる。もう隠せない……。

「すげー熱くなってるな。花楓、ここ、舐めてあげようか」

「や、やだ……」

頬を真っ赤に染めて、顔を背ける。

彼に舐められることを想像するだけで、腰の奥に甘いものがわだかまり、隘路がきゅうとせつなくうごめいた。

「ほんとうに？」

「ほ、ほんと……」

「嘘つきには、罰が必要みたいだ」

甘濡れの柔肉を、敦貴が左右に広げる。

「！　待っ……、あ、あっ……!?」

とろりと糸を引く間《あわい》に、彼が舌を伸ばした。

張り詰めた花芽に、あたたかな舌先が絡みつく。

ぴちゃぴちゃと、子猫がミルクを舐めるような音とともに、突然の快感が花楓の体を支配した。

「ぁッ……、ぁ、ああ、や……っ」

花芽の周縁をぐるりと舌でなぞり、中心を押し込んでは、ねっとりと舐め上げる。

そのどれもが、花楓の快楽を引き出してしまうのだ。

――舐められるの、すごい。こんなに執拗にされるなんて……！

「は……っ、ぁあ、イッちゃう……！」

ベッドの上で体をよじると、彼の動きがぴたりと止まった。

――え、どうして……？

「胸もかわいがってやらないとかわいそうだよな？」

「え、あ、あの……」

「ほら、両手を上にあげて」

ぐいと腕を上げられる。そのまま、二の腕の裏側を手のひらで圧迫され、身動きがとれなくなった。

「花楓の体は、どこもかしこもかわいい。さわられてもいないのに、こんなにピンと尖《とが》らせて、俺を待ってたんだ？」

「そ、んなこと、言わないで……」

含羞に鎖骨まで赤く染めて、花楓は子どものようにイヤイヤと首を横に振る。

「舐められるのと、吸われるの。どっちが好き？」

胸の谷間に顎をつけ、上目遣いに彼が問う。

「っっ……ど、っち、って……」

「ああ、どっちも好きだよな。俺にされると、すぐイキそうになる。花楓のそういうところもかわいいよ」

質問しておいて、返事を待たずに、敦貴が大きく口を開けた。

乳暈ごと口に含むと、彼が強く吸い上げる。

「ぁあああッ、や、急に、そんな……ッ」

ぢゅうう、と口の中で引き絞られる感覚に、花楓は腰を浮かせた。

胸の先から、心を吸い出そうとでもするように、彼は何度も何度も乳首を苛《さいな》む。

最初は吸うばかりだったのが、次第に舌で舐《ねぶ》りながらの行為に変わっていき、先ほどまで愛されていた花芽がせつなさで疼《うず》いた。

「んっ……ぁ、あ、っ……」

――胸、気持ちいい。でも……

足りない、と本能が叫ぶ。

もっと、もっと彼がほしい。

花楓の腕を押さえつけていた手をほどき、敦貴はもう一方の乳首を指でつまみ上げた。

「ひぅッ……、んっ、両方、同時に……っ」

「してほしいだろ？」

「き、もちよくて、おかしくなっ……」

「おかしくなる？　そうだな、なれるならなっていいよ」

妙な言い回しに、違和感を覚えた。

――なれるなら、って……？

「ぇああっ、あ、あ、んっ……！」

唇で乳首を扱《しご》き、反対は指で撚《よ》る。

敦貴の与える快楽で、花楓の頭は真っ白に溶けてしまう。

――胸だけで、こんなに感じちゃう。もう、我慢できない。

「ふ……っ、ぅ、あ、あ、っ……」

脚を閉じて、ぎゅう、と下腹部にたまる快楽に感覚を研ぎ澄ませる。

胸への愛撫だけで、達してしまう。そう思った、瞬間。

「脚、そんなにもじもじさせて、ほんとうはそっちにほしいの？」

「あつ、き……」

蜜口は、彼の劣情を食いしめたいとひくついている。

素直に懇願したら、与えてもらえるのだろうか。

彼がほしい、と――

「いいよ。じゃあ、今度は中をかわいがらせてもらおうかな」

「ひゃ！　な、何っ……」

体勢を入れ替えられ、敦貴の裸の胸に背中で寄りかかる格好になった。

互いにすべてを脱ぎ捨てているので、腰裏に熱い昂りが当たってしまう。

――敦貴の、すごい。ビクビク脈打ってるの、わかる……

けれど、この位置では彼を受け入れることはできない。

どうして、と首だけで振り返ると、唇をふさがれた。

「ん、んぅ……」

そのまま、彼の両手が花楓の腰のラインを左右同時にたどっていく。

くすぐったいような、もどかしいような、どうしようもなく期待に胸が高鳴る。

太腿《ふともも》を撫でる指先に、ふと力がこもった。

あっと思う間もなく、両脚を大きく開かれて。

「ぁ……ッ……ん、んっ」

逃げようとした唇を、敦貴が追いかけて吐息ごと奪い取る。

——さっきから、イカせてくれない。敦貴をくれない。

欲するものがわかると、途端にそれがほしくてたまらない気持ちになる。

開かれた脚の間に、彼の左手の中指と薬指が押し当てられた。

「敦貴……っ、お願ぃ……」

「うん。ここだろ?」

にゅぷ、と二本の指が蜜口を押し広げる。

濡襞をかき分けて、男性にしては細く長い指が花楓の内側を撫でていく。

「っっ……ぁ、ああぁ、あ、いい、気持ちいいの……っ」

「素直でよろしい」

指の根元まで埋め込むと、彼が手首を利かせて抽挿を始める。

雄槍で突かれるのとは、また違う。

花芽の裏を、彼は重点的に指で押し込んでくる。

「そこ、ヘン……っに、あ、あっ」

「ヘンになる？　この、膨らんでるところ？」

隘路がどうなっているのか、花楓にはわからない。

けれど、彼の言うとおり指でぞりぞりと撫でられている部分は、ゆるやかに隆起しているようだ。

「ははっ、花楓の中、指でぐちゅぐちゅされてるのに、俺にハメられてるときと同じだって認識してる。見て、動かすとハメ潮みたいに噴き出してくるね」

シーツの上に、飛沫が散る。

指で掻《か》き出《だ》される透明な液体が、花楓の臀部《でんぶ》と敦貴の手のひらをぐっしょりと濡らしていく。

――恥ずかしい。なのに、気持ちよくなっちゃう……

「敦貴……っ、お願い、もう、わたし……」

「イキそう？」

耳元で甘く尋ねられ、花楓はガクガクと震えるようにうなずいた。

それと同時に、彼の指がぬぽんっと勢いよく抜き取られる。

「あ、つき……？」

「駄目だよ、花楓。ちゃんと俺の気持ちをわかってくれるまで、満足させてあげない」

――どういう意味？

涙目で振り向くと、彼がこの世のものとは思えぬほどの美しい笑みを浮かべた。

「俺の好きな人は、誰？」

「わ、わたし……」

「じゃあ、俺が五年間片思いしていた相手もわかるよね？」

背中を甘い電流が駆け上る。

彼の想う相手。

——こんなに愛されて、わからないはずない。誰かの言葉に、一瞬でも不安になった自分がバカみたいに思えてくる。

愛される喜びを、花楓はしっかりと教え込まれてしまったのだ。

「はい、まだ答えられないみたいだから、もうしばらく焦らすとしようか」

「！　待って、あ、敦貴っ……！」

ベッドに体が下ろされた。

横から覆いかぶさってきた敦貴が、喉に噛みつくようなキスをする。

片足を持ち上げられ、指で花芽を転がされた。

「んぅ……っ、ぁ、あっ、そこ、ダメ……っ」

「大丈夫。イカせてやらないよ。花楓が俺に愛されてるってちゃんと自覚するまで、今夜は焦らしてあげる」

彼自身も、今にも破裂しそうなほどに劣情を漲らせているのに、まだ愛撫を続けるつもりだというのか。

花楓は涙目で、シーツに爪を立てた。

——五年間、ずっとずっと想っていてくれたんだね。ありがとう、嬉しい、敦貴……

花芽だけではなく、浅瀬に指が埋め込まれる。

もっと奥を刺激してほしいのに、入り口付近を焦らすように撫でられて。

それなのに、花楓の体は鋭敏に彼の与える快楽を感じ取ってしまう。

「んぁ、ああ、っ、お願い、もう……っ」

腰が浮き、乳房が震えた。

「花楓はすぐイキそうになるんだな。まだだよ」

「やあ、あ、いじわる、しないで……！」

「だったら、俺の気持ちをわかって」

「そ、んなの……っ」

「俺に、ずっと想っている相手がいると知ったんだろ？　その相手が自分だと、どうして思わないんだ？」

ぢゅぽぢゅぽと音を立てて、彼の指が花楓の中を攪拌《こうはん》する。

「わ、わたしだって、こんなに好きなのに、ひどいよ……」

「へえ？」

彼の指が、速度を増す。

まるで、もっと続きを言えと促すように。

「んんっ……、好き、で、好きだから、不安になっ……あ、あ！」

太腿にこすりつけられた敦貴の雄槍が、ぴくんと亀頭を震わせた。

「おばあさまの、ために……っ、結婚したいんだって、わかってて、だけど……あ、あっ、だけど、わたし、敦貴のこと、好きになっ……」

「うん」

「す、き……好き、敦貴のこと、好き……」

気づけば、頬に涙がこぼれていた。

しゃくり上げるように想いを告げる。

大人の恋は難しい。

体でつながることができても、心が結ばれているかどうかは、目に見えない。

「ほんとに、好きなの……」

「俺も好きだよ、花楓」

「ひあぁあッ」

深く指で抉られて、花楓は全身をのけぞらせた。

「五年も片思いしてきた。ずっと、花楓のことが好きだった。ほかの誰にもわたしたくなくて、彼氏っぽい態度を取って周囲を牽制した」

――そういうつもりで、ケンカップルを演出していたの!?

だとしたら、敦貴が五年間ずっと想ってくれていたというのは、気づいていない花楓が悪い。

彼が憤慨するのも当然だろう。

ほんとうに好きな人と幸せになって、だなんて。

言われる身の気持ちを、花楓は考慮できていなかった。

――大好き、敦貴。

気持ちがあふれそうになる。

嬉しくて、せつなくて、息ができない。

「花楓……？」

「ど、どうしよう。そんなの、もう、わたし……」

両手で敦貴の肩をつかむ。

目の前に、ほんのりと頬を赤らめた彼の顔がある。

互いの吐息がかかる距離。

あと十センチ近づいたら、唇が触れるほどの、距離。

「……大好きだから、抱いて……」

その言葉が、最後のトリガーだった。

敦貴が体を起こして、避妊具のパッケージを手に取る。

彼を待つ間、花楓はじっと愛しい男を見つめていた。

天井のシーリングライトを背に、落ちてくる彼の影さえも愛おしい。

——早く、ひとつになりたい。敦貴がほしい。

心も体も、彼だけの自分でありたいと、心底願っている。

「花楓」

のしかかってきた敦貴が、かすれた声で名前を呼んだ。

「きて、敦貴……」

薄膜越しの亀頭を蜜口に合わせて、彼がせつなげに息を吐く。

「俺のほうが、限界かも」

「え……？」

「花楓がほしくて、おかしくなりそう」

ずちゅ、と段差のある先端がめり込んでくる。

狭隘《きょうあい》な蜜路を押し開く彼が、「好きだよ」と微笑んだ。

「……っ、わたしも、好き、敦貴が好きぃ……」

両腕を広げて、彼を待つ。

ひと息に最奥まで打ちつけて、敦貴が花楓の体を強く抱きしめた。

「んっ……、敦貴の、奥まで来てる……」

「奥まで入れてよ。俺だけの花楓になって」

「もう、敦貴の、だよ……？」

ぎゅう、と彼の首にしがみついて、自分から敦貴の首に軽く歯を立てた。

舌先に感じる汗のしょっぱさが、花楓の体をさらに敏感にしてしまう。

彼の味を知っているのは、自分だけでいい。

ほかの誰にも、わたしたくない。

——こんな独占欲、初めて知った。

「花楓……っ」

「ひ、ぅッ……ん！　あ、あっ」

これまでにないくらい張り詰めた彼の劣情が、段差のくびれで花楓の中から何かを掻き出そうとする。

抽挿されるたび、全身が甘くわななないて、せつなさに蕩けていく。

「やばい。気持ちよさそうな花楓の顔、かわいすぎ」

「あ、つきぃ……」

「俺のこと、好きって言って？」

とちゅとちゅと最奥を突きながら、彼が懇願してくる。

「す、き、敦貴、好き……」

「もっと」

「好きなの、敦貴のこと、好きで、おかしくなっ……ああ、あっ」

「もっとだよ」

加速度を上げて、彼の愛情が花楓の中で暴れまわった。

抱き合ったまま、腰を密着させて、激しくピストンされるともう何も考えられない。

何度も果てに手をかけながら、絶頂することを禁じられていた体が、早くも彼の楔をきゅうと食い締めてイキたがっている。

「花楓、イキそう？」

「んっ……イッ、ちゃうぅ……」

「いいよ。もうお仕置きは終わり。俺だけの花楓を、いっぱいイカせたい」

感じやすい部分をごりごりと亀頭で抉られ、花楓は今夜最初の果てへ手を伸ばす。

これが、心を通わせてからはじめての悦楽だ。

「キス、して……」

「……かわいすぎるんだよ」

眉尻を下げて困り顔の敦貴が、ちろりと舌を出した。

それを迎え入れるように、花楓は口を開く。

体のすべてで、つながりたかった。

求め合う舌が互いをいっそう感じさせ、粘膜が入り口から奥にかけて、敦貴を搾り取ろうと蠕《ぜん》動《どう》する。

「ん、んっ……、ぁ、イク、イッちゃう」

「ほら、キス。逃げないで」

「んんんっ……！」

腰から駆け上がった快感が、うなじのあたりで一気に弾けた。

――イッてる。なのに、敦貴が……

昼日中の室内を、淫靡な打擲音が満たしていく。

「やぁあッ、待って、お願い、イッてるから……っ」

「無理。俺も限界だって」

「でも、でもっ……」

達している最中にもかかわらず、彼が激しく腰を叩きつけてくる。

「ははっ、かわいいな。奥、突かれるたび噴き出してる」

彼の下腹部をぐっしょりと濡らすほど、花楓の蜜口から透明な潮が迸《ほとばし》っていた。

「やだ、やだぁ……」

「嫌じゃない。これは、花楓が俺に慣れてくれてる証拠だよ」

――そうなの？

行為そのものが初めてなわけではないけれど、こんなにあふれてしまうのは敦貴とだけだ。自分の体だというのに、意識とはまったく関係なく重吹《しぶ》く液体がなんなのかわからない。

「奥、気持ちいい？」

「んっ……、いい、すごいの」

「ここをいっぱい突くと、感じてあふれてきちゃうんだ。だから、これは花楓が俺に感じさせられてる証拠」

——知らなかった。敦貴のことを好きって、心だけではなく体まで変わってしまうだなんて。

「だから、もっと感じて。俺の五年分の愛情、受け止めてもらう」

「っっ……ぁ、ああ、待って、また……」

「イキながら、イッちゃう？　いやらしくてかわいい花楓、俺だけの……」

ひときわ強く抉られて、花楓は泣きそうな声を漏らす。

ヒクヒクと痙攣する蜜口が、敦貴の太い根元を食いしめていた。

「……、ごめん」

——何が、ごめん？

ずるり、と彼のものが抜き取られる。

その感覚に、達したばかりの隘路がせつない。

「敦貴……？」

「どうしても、我慢できない。花楓を直接知りたいんだ」

抜き取った劣情は、媚蜜でとろとろに濡れていた。

――どういう、意味？

快楽に蕩けた頭が理解するより早く、彼は根元から避妊具を引き剥《は》がす。

「え、あっ……！」

そして、そのまま花楓の中に自身を突き入れた。

――嘘！　こんな、避妊しないで挿《い》れるなんて……！

いけないことだと、心が叫ぶ。

それなのに、先ほどまでとは違う彼の熱を感じて、体は呼応するようにひくついた。

「ぁああっ、あ！」

子宮口に切っ先がキスした瞬間、花楓は全身をわななかせる。

挿入されただけで、達してしまったのだ。

「っ……く……」

何かにこらえるよう、声を漏らした敦貴が、大きく息を吐く。

「持っていかれそう。花楓、すげー締めてくる」

「ふ、ぁ……、あ、ダメ……なの、に……」

どくん、どくん、と彼の太幹が脈を打っていた。

それを感じるたび、甘くしたたる蜜。

「大事にするから」

「敦貴……？」

「絶対、一生大事にする。俺だけの花楓になってほしい」

心が彼を求めていた。

抜いて、なんて嘘でも言えない。

――だってわたしは、このまま敦貴に抱かれたいって思ってるから。

「……花楓」

「わたしも……」

右手を伸ばして、膝立ちの敦貴の左胸にそっと触れる。

「わたしも、大事にする。大好きな敦貴のこと、ずっと大切にする、ね……？」

隘路に押し込められた雄槍が、ビクビクビクッと小刻みに震えた。

「や、っ……、な、んで……」

――また大きくなった⁉

すでにこれ以上ないほど押し広げられた体が、さらに彼の形に合わせて内側から圧迫される。

「今のは、花楓が悪いからな」

「んっ……、ぁ、やだ、大きくしないで……」

「それも、花楓が悪い」

「ぇえ、あ、あっ」

ずっちゅずっちゅと粘着質の水音を立てて、敦貴が花楓を抉る。

「花楓がイッても、もう休ませてやれないから」

「んっ……」

「少しでも早く俺にイッてほしいなら、いっぱい感じて……」

両膝の裏を持ち上げられ、陰部が天井を向くほどに腰を上げられる。

真上から、逞しい劣情が花楓を串刺しにしていた。

「あつ、き……っ」

——これ、ダメ。深いの、きちゃう。

子宮ごと押しつぶすように、敦貴が思い切り花楓を貫いた。

「あぁッ……！」

つながる部分から、ぴしゃぴしゃと飛沫が散っていく。

彼のものを食いしめて、花楓の体ははしたないほど感じていた。

「好きだ、花楓」

「ぁ、ああっ、奥、つぶれちゃうぅ……っ」

「もっと奥まで入りたい。花楓とひとつになりたい」

互いに腰を打ちつけあって、もっと、もっと、と愛を描く。

その奥にあるのは、ただ一途な愛情だけだった。

つながる体は、心までひとつにすることはできない。

だからこそ、人は言葉で愛を語る。

――だけど、こんなのもう、好きじゃなきゃできない。

「好き、敦貴が、好き……っ」

「いい子だな。もっと、俺の名前呼んで」

「敦貴ぃ……ッ」

どうしようもないほどの快感を刻まれて、花楓は必死に彼の動きに応えようとしていた。

自分から腰を揺らして、さらなる快楽を貪る。

こんなにも淫らな自分がいることを、教えてくれたのも敦貴だ。

「ぁ、あっ、また、イッちゃう……っ」

「俺も……、もう、イキそ」
ハ、と熱い吐息が漏れた。
子宮口が、彼の亀頭に吸い付いて離れない。

「花楓、一緒にイッて。俺を全部、受け止めて」

「っっ……ぁああ、あ、もぉ、ムリ……っ」

最後に残るのは、快感か。愛情か。

どちらでもかまわない。つまるところ、それは同じ根源にしか存在しないのだ。

「イ、くぅ……っっ……」

「花楓……！」

びゅく、と腰の深いところに熱いものが重吹いた。

――敦貴の……

吐精に合わせて、彼の劣情がビクンビクンと痙攣する。

根元から先端に向かって、水を汲《く》み上げるポンプのように敦貴の雄槍が打ち震えた。

じゅわり、と熱いものが広がっていく。

遂情を終えた彼が、花楓の上に体重をかけてきて。

「あ、つき……」

「ごめん。よすぎて動けない。花楓の中、あったかいな……」

彼のことを愛しく想う、この気持ちを知ることができてよかった。

花楓は、敦貴の髪を優しく撫でた。

ただ、愛しかった。

この人となら、どこまでも一緒に歩いていきたいと、心から思えた。

・・・・・・┃・・・・・・・・・・・・┃・・・・・・・

「好きです。結婚してください」

——んん？　何、言ってるの、敦貴……

「いや、違うか。俺には花楓しかいない。結婚してくれ」

——？？？

「あー、なんにせよ、まずは指輪だよな」

「あの、敦貴……？」

「うわっ、お、起きてたのか」

動揺する敦貴が、ビクッと肩を震わせた。

——今の、完全にプロポーズの練習だったけど……

「今の、聞いてた？」

聞いていないふりをするべきかもしれないが、いつも強気な彼が照れる姿がかわいくて。

「うん。プロポーズの練習するなんて、敦貴って外から見ただけじゃわからないけど、かわいい」

正直にうなずくと、敦貴が眉根を寄せた。

「は？　なんだよ、かわいいって」

「だって、かわいかったから」

うりゃー、とヘッドロックをかけられて、子猫のようにじゃれあう。

「体力ないなあ」

「敦貴とくらべないでよ」

「だって、俺はかわいいんだろ？」

胸を張った彼は、もうかわいいと表現しにくい表情だ。

——基本的に、強いんだよね。

そういうところも好きなので、なんら問題はない。

「たまに、かわいい」

「……じゃあ、かわいい俺と結婚してよ」

唇を尖らせる彼が、目をそらしたまま言う。

——なんかもう、どうしようもなく好き。

花楓としては、このまま返事をしてもいいのだが、彼はそれでいいのか。

「そのプロポーズでいいの？」

一応確認すると、敦貴が両手で髪をかき上げて天井を睨みつけた。

「よくない。今のはただの練習だから、なし」

——やっぱりかわいい。

彼が花楓のことをかわいいと言う気持ちが、少しわかる気がした。

「じゃあ、聞かなかったことにしておく」

ベッドに寝転んで、肌触りのいいガーゼケットを肩までかける。

その隣に敦貴が仰向けになり、ちらりとこちらに目を向けた。

「それで、花楓サン。プロポーズのために指輪を買いに行きたいのですが、サイズを教えてもらっても？」

「たぶん、箱パカして指輪差し出して『結婚してください』って、そういうイメージあると思うんだけど」

「あ？　違うのか？」

彼としては、そうしたいのかもしれない。

——だけど、敦貴とだったら……

「わたしは、どっちかっていうと一緒に選びにいきたいな」

これからの人生を一緒に歩いていくのなら、全部彼にまかせるのは嫌だ。

一緒に考えて、一緒に悩んで、一緒に笑っていきたい。

「それはつまり……？」

微妙に花楓の返答に戸惑う彼が、真剣な目で口を引き結んだ。

その鼻先に、軽くキスをひとつ。

「先にプロポーズしてくれないと、婚約指輪を選びにいけないってことだよ」

「……わかった。今すぐ」

がばっと起き上がった彼に、花楓は慌てて「違う違う」と顔の前で手を振った。

「そんなに急がなくていいってば。それより、敦貴のおばあさまにご挨拶に行くのはどう？」

そう。

入院しているという彼の祖母のことが、花楓はずっと気がかりだったのである。

――結婚を待ち望んでくれているのなら、まずはおばあさまにご挨拶をして、少しでも安心してもらって……

「あー、いや、それなんだけど……」

しかし、彼の言葉は妙に歯切れが悪い。

思っていた以上に、状況がよくないのだろうか。

「もしかして、具合がよろしくないの？」

だとしたら、とにかく結婚を急ぐ気持ちもわかる。

だが、敦貴が小さく深呼吸をして、

「その反対。退院した」

と、言いにくそうに目をそらした。

「えっ、よかったじゃない」

彼の大切な祖母が、退院できたというのなら喜びこそすれ、困ることは何もない。

病院にお見舞いに行くよりも、自宅に会いに行くほうがこちらも気軽だ。

「いや、まあ、なんていうかちょっと転んで骨折したんだよ」

「うん。でも、ご年配の方は骨折だって危険だよ。それに入院するほどだったんでしょう？」

それなんだけどな、と彼が笑う。

「じいさんが心配して、大げさに騒ぎ立てた。それで、知り合いの病院に入院していたってだけ。実際は、そこまでひどい怪我じゃない」

よかったと思う反面、腑《ふ》に落ちない点がある。

入院中の祖母を安心させたいから、結婚したい。

最初の彼の言い分は、そんな流れだったと思うのだが——

「……なのに、お見合い？」

「いや、だから」

「待って。ちょっと整理するんだけど、敦貴がずっと好きだった振り向いてくれない女っていうのはわたしだったんだよね？」

「…………」

「それで、もしかしてだけど、あのお見合いって偶然じゃない？」

少々鈍感な花楓でも、さすがに見えてくる絵がある。

——これ、最初からずっと敦貴の作戦だった!?

「……俺がじいさんに頼んだ」

彼の返事に、確信を持つ。

「つまり、おばあさまの入院を理由に、わたしとお見合いして結婚しようとしていたってこと？」

「悪いかよ」

「悪くない」

たとえ、きっかけがなんであれ、彼を好きな気持ちに変わりはない。

「ぜんぜん、悪くないと思う」

もう一度、繰り返し言うと、自分から彼に抱きついて、花楓はふふっと小さく笑う。

「花楓……？」

「敦貴の策略のおかげで、あなたのことを好きだって気づけたの。だから、ぜんぜん悪くないよ。むしろ、感謝してます」

「好きだよ、花楓」

「わたしも」

「もう一回、愛を確かめる？」

「えっ、そ、それはまた後日に」

「今がいい」

逃げられない、甘い罠《わな》。

営業のエースで御曹司な恋人が描いた絵は、知らない間に花楓の心を奪う作戦で。

――わたしは、いつから敦貴を好きだったんだろう。自分で気づかなかっただけなのかな。もしかしたら、ずっと、最初から……


「敦貴、もぉ、ほんとに死んじゃう……っ」

「死なせない。俺が守るから安心しろよ」

誰のせいで死にそうなのかは、お互いにわかった上だ。

「ばかぁ……」

窓の外はいつの間にか夜になり、ふたりの甘い時間はまだまだ終わりそうにない。

・……❙……・……❙……・

「――これを、桑原さんに処理してもらいたいんだが」

営業部の古見田が、明細書を持って経理部に顔を出したのは、九月が始まってすぐのことだ。

彼が経理部でトラブルを起こしてから、はや一カ月。

営業部の部長と経理部の部長が内々に処理し、古見田が敦貴に謝罪をし、ことを収めたのは聞いている。

だが、経理部に直接顔を出すのはあれ以来、初めてのことだった。

「はい、お話を聞かせてください」

お互いに大人だ。そして、ここは職場だ。

不愉快な気持ちはあれど、花楓はいつもと同じ冷静な口調で応対する。

しかし――

――えっ、これ、あのとき騒いでた高額精算の、クレカ明細じゃない!?

差し出された明細書のコピーを見て、さすがに目を瞠った。

あれほど、領収書を提出したと騒いでおいて、やはりそんな記録は残っていなかった。

つまり、古見田のほうが勘違いしていたということである。

――よく、その処理をわたしに頼む気になったなあ。

「こちらは、期限をだいぶ過ぎていらっしゃるようですが」

「……そうだ。部長と相談して、桑原さんなら対応してもらえるのではないかという話になったから持ってきた」

ずいぶん偉そうに言うものだ。

まあ、経理部は鬼でも悪魔でもない。

社員が代理精算した金額を、会社に必要な経費と判断した場合、社のお金から返金する。

「わたしの一存では判断しかねますので、上司に確認し、処理が可能かお調べします。いったん受領しますので、こちらの受領書にサインをお願いします」

「わかった」

憮然とした表情で、古見田が手続きを終えて経理部を出ていこうとする。

一度は立ち去ろうとして、廊下の手前で彼が振り返った。

「桑原さん」

「はい」

「先日はすまなかった。蓮生にも謝ったが、きみにも迷惑をかけたことを謝罪する」

気まずそうにうつむく古見田は、もう恐ろしくも憎らしくもない。

彼は彼なりに、きっとこの一カ月つらい気持ちを抱えていたのだろう。

「こちらも、古見田さんのお気持ちに添えず、申し訳ありませんでした。今後もどうぞよろしくお願いします」

「……ありがとう」

初めて、彼の笑った顔を見た。

勝手な印象で、相手を決めつけていたのは花楓のほうだったのかもしれない。

少し照れた様子ではにかむ古見田は、人のいいおじさんでしかなかった。

——よかった。わだかまりは、ないほうがいい。お互いに。

とはいえ、残されたクレジットカードの明細書の処理については、まだしばらく手間がかかる。

仕事は仕事だ。できるかぎり、きちんとこなそう。

花楓は、明細書を手に係長のデスクに向かった。


帰宅後、今日の古見田との出来事を電話で敦貴に伝えると、彼は呆《あき》れたように、

『花楓は人がよすぎるんだよ』

とため息をついた。

「え、別にそこまでではないけど」

――そして、これは仕事なんだから、相手を選んで態度を変えるようなこともできない！

『ま、いいけどさ。古見田さんにもいろいろあるのかもしれないし』

「そう言ってたね。何かあったの？」

『あー、介護問題とかで、大変だって聞いた』

誰にでも、プライベートの問題はある。

そして、どうしても感情に影響が出てしまうこともあっておかしくないだろう。

詳細を詮索するつもりはない。

今日の古見田の言葉だけで、じゅうぶんだったから。

「だったら、やっぱり無事にきちんと解決できてよかった」

『うん、まあいい。俺は花楓が平和で幸せそうなら、それでいいよ』

「……ありがと」

『ところで、指輪の件だけど――』

・・・・・・━・・・・・・・・━・・・・・・

「もう、どうして勝手に決めようとするかなあ」

九月も半ばに差しかかった、土曜日。

銀座で買ったスイーツの紙袋を手に、花楓は隣を歩く敦貴を軽く睨んだ。

晴れた都心は、アスファルトに反射した日差しが日傘の内側にまで入り込んでくる。

並んで歩くけれど、手はつながない。

日傘をさしているから、荷物を持つと手いっぱいだった。

「勝手にって、花楓が遠慮してばかりで決まらないからだよ」

「だって、放っておくとすぐ高級なのオススメしてくるでしょ！」

今月になってから、ふたりの週末は忙しい。

まだ残暑厳しい時期だというのに、毎週末、そろって都心に出てきている。

もちろん、週末の夜はふたりきりの時間を過ごす。

休日に、昼夜ずっと体を動かしているおかげなのか、花楓は最近体力がついたように思う。

——ウエストも、少し引き締まった気がする。

恋愛ダイエットというものがあるとしたら、こういうことかもしれない。

「俺の最愛の女に贈る最初の指輪なんだから、いいものを贈りたいと思って何が悪いんだよ」

彼の言葉に、頬がじわりと熱くなった。

最愛の女だなんて、人生で言われる日が来ると想像したことはなかったのに。

——敦貴って、人前で堂々とそういうこと言うよね。

恥ずかしい。だけど、同じくらいに嬉しい。

愛情表現の豊かな恋人を、ちらりと見上げて唇を尖らせた。

「わ、悪いなんて言ってない。でも、あんまり大声で言われると恥ずかしい……」

そろそろ、会社にも正式に報告しなければいけない時期になる。

——わたしたち、結婚します、って。

考えただけで、顔から火を噴きそうになるけれど、めでたいことなのだから報告は必須だ。

そもそも戸籍が変わるのだから、隠し通せる話ではない。

それに、花楓だって隠したいと思っているわけではなくて、単純に恥ずかしくなってしまう。

それだけのことだ。

「結婚するのに？」

「結婚するからって、いつでもどこでも言われるのは」

「好きだよ、花楓」

耳元に顔を寄せた彼が、甘い声で囁く。

「っっ……！　わ、わざとそういうことをっ」

「はは、かわいいなあ、ほんと」

彼が、花楓の手から買い物袋をぱっと取り上げる。

そして空いた手を優しく握ってきた。

当然のように、指を交互に絡ませた恋人つなぎだ。

――このくらい、わたしだって慣れてきてるんだから。

きゅっと握り返すと、敦貴が目を丸くしてこちらを見つめる。

驚きの表情が、ふわりと笑顔に変わった。

「え……？」

かすかな当惑に目を瞬くと、つないだ手に二度三度とやんわり力を込められる。

それが六回続くころには、彼の指が触れている手の甲がじんともどかしさを訴えはじめた。

「な、なんかこれ、ヘンな感じ」

「ヘンって、何が？」

――触れられてるのは手だけなのに、心まで焦らされてるみたいな……？

「早く、俺の部屋に帰ってふたりきりになりたくなった？」

「……うん」

素直にうなずいた花楓を見下ろし、敦貴が嬉しそうに声を出して笑った。

「あー、ほんと、花楓のことが好きでおかしくなりそう」

「だ、だから、外でそういうこと言うのは——」

「そういう俺も好きでしょ？」

——結局、全部見抜かれてる。

恥ずかしいけれど嬉しいというのは、結果として彼の全部が好きだというのに相違ない。

どうしようもないほど好きで。

どうしようもないほど好きだから、結婚する。

偶然だと思っていた見合いだって、敦貴の作戦による必然だった。

——そのおかげで、今こうして一緒にいられるからありがたいんだけど！

「か—えで？」

返事をしないでいると、ひょいと日傘の中を覗き込まれる。

仕事中とは違う、リラックスした表情が愛しい。

「そういう敦貴も好きだよ」

「！　何、その不意打ち……」

足を止めて、手をつないだまま、彼は紙袋を腕にかけて右手で顔を覆った。

「はー、ほんと、俺は花楓に翻弄されてるな」

「どこが？　翻弄されてるのはわたしのほうでしょ」

「俺ですー」

「わたしだってば」

――わたしたち、ケンカップルどころかバカップルなのでは……？

顔を見合わせたふたりは、どちらからともなく笑い出す。

「結婚したら、堂々と食べ放題していいから」

「焼き団子のこと？」

「いや、俺のことだけど？」

「……いつもじゅうぶんお腹いっぱいです」

「遠慮するなって」

「してない！」

歩いているうちに、まだ覗いていないアクセサリーショップが近づいてきた。

今度こそ、いいデザインが見つかることを願って。

「とりあえず、食事会までには指輪を決めておきたいね」

「もう来週だからな」

来週の日曜には、敦貴の両親祖父母と、花楓の両親祖母で食事会の約束だ。

両家はすでに諸手《もろて》を挙げて賛成している。

結婚の挨拶だなんて、緊張しているのはもしかしたら花楓だけかもしれないと思うほどである。

「披露宴の準備もあるし、そろそろ会社には言っておいたほうがいい」

「うん。そうだよね」

「で、今日はもう一軒行く予定だったけど……」

「ん？」

つないだ手が、ぐいと引っ張られる。

「あ、敦貴？」

「もう限界。部屋に帰って、花楓とくっつきたい」

どくん、と心臓が大きく音を立てた。

手をつなぐのと同じくらい、もっと彼に慣れたいと思う。

だけど、慣れてしまうのももったいなくて、いつまでも敦貴に翻弄されていたい気持ちもある。

「だーめ。指輪を選ばないといけないでしょ」

ぷいと顔を背けると、

「そういえばじいさんが、花楓にって団子届けてたけど食べにくる？」

誘惑の甘い問いかけが肩越しに聞こえてきた。

「行くっ」

即答した花楓に、敦貴が眉根を寄せる。

「俺より団子のほうが好きなんじゃないか……？」

「え、どっちも好きだよ」

「怪しいな。ベッドで証明してもらうとするか」

「お団子のあとでね」

指輪探しは、明日の日曜日に持ち越してもいい。

食事会の前に決めきれなくたって、ほんとうはかまわない。

「ねえ、敦貴」

「うん？」

「敦貴はメインディッシュだよ？」

「団子がアペタイザーか。食欲があるのはいいことだ。いっぱい食べてもらうよ」

「メインの食べ過ぎは良くないからね！」

「俺はけっこう大食漢だから安心して」

「安心できないっ」

手をつないで歩く帰り道は、ふたりの未来に続いている。

・・・・・┃・・・・・・・・・・・┃・・・・・

「あのケンカップルがほんとうに結婚とはね……」

「でも、最初からお似合いだなって思ってた」

「えー、まあ、それはそうだけど！」

披露宴に参加した同期の仲間が、口々にふたりの噂をしている。

「蓮生、幸せになれよ」

「ありがとう。幸せになるし、幸せにする」

「ノロケかよ！」

「当たり前だろ？」

今日、ここまで。

準備に苦労しなかったとは言わないけれど、やはり結婚披露宴をやってよかったと、花楓は思う。

——でも、今日は疲れた！　お腹も減った！

花嫁は食事ができないと噂には聞いていたが、実際に想像以上に何も食べられなかった。

あとは、ホテルの部屋に帰ったらルームサービスで贅沢するのが花楓の野望だ。

無事、部屋に到着して備え付けのバスローブに着替える。

下着の締めつけすら、今は重く感じてしまう。そのくらいに、くたくただった。

「花楓、痩せた？」

ソファに身を沈める花楓を見て、敦貴がワインオープナーを手に心配そうな顔をする。

「うん、ちょっとね」

「披露宴も無事終わったし、あとはゆっくりしよう。マッサージ頼もうか？　それともワイン？」

優しい花婿は、左手にワインを持って軽く持ち上げて見せた。

「ううん、今は敦貴がいてくれたらそれだけでいい。ほかに何もいらない」

「これから、一生俺とふたりだ。覚悟できてんだろうな？」

「そっちこそ、覚悟してね。わたし、敦貴のこと大好きだから」

「もっと言って」

「えー、敦貴は？」

「俺が片思いしていた五年分、花楓がいっぱい愛してよ」

「善処します！」

ボトルとオープナーをテーブルに置いて、彼が花楓を抱きしめる。

覚悟は、もうできていた。

「敦貴」

「ん？」

「わたしを好きになってくれて、ありがとう」

ふたりの左手の薬指に、おそろいのデザインの結婚指輪が光っている。

願わくば、この先も永遠に笑いあえますように。

「俺を選んでくれて、ありがとう」

幸福な未来を予感して、ふたりは甘いくちづけを交わした。

あとがき

　こんにちは、麻生ミカリです。ルネッタブックスでは四冊目となる『実は御曹司だった天敵有能同期とお見合いしたら、甘々愛され婚約者になりました』をお手にとっていただき、ありがとうございます。

　これまでの作品をご存じの方には今さらな説明になるかもしれませんが、わたしは同期カップルが大好きです！　同級生カップルも好きだし同僚カップルも好きですが、同期入社したふたりというのもたまらないです。はー、おいしい。

　タイトルに『天敵』とありますが、今回はまさしく経理部で働く花楓の天敵同期がヒーローです。ヒーローの敦貴は、不機嫌そうながらもとにかく顔がいい。そして、仕事がデキる。ただし、事務仕事が壊滅……という設定になっていますが、偉そうにしていてもけっこうかわいいところのある男性です。好きな子への行動が、わりと裏目に出てしまい、なかなか彼女に振り向いてもらえない。なんなら、いい同僚だけど結婚相手としてはないなと思われてしまうという、ある種のヘタレとも言えるかもしれませんね。

完全無欠なヒーローも魅力的ですが、ちょっと残念なところのある人間味あふれるヒーローも愛して生きています。と、書いてしまうと、わたしはわりとなんでもおいしいタイプなわけでして。いろいろ書きたい、いろいろ読みたいという全部盛り贅沢プランをモットーにしています！

森原八鹿先生の描いてくださったカバーイラストの美しさ、最高がすぎますね。不機嫌イケメンの敦貴は、キャラデザをいただいたときにイメージぴったりすぎて感動したものです。いや、これはもう想像以上の美貌です。

敦貴と花楓に命を吹き込んでいただき、ありがとうございます。

最後になりましたが、この本を読んでくださったあなたに最大級の感謝を込めて。

この本が発売されてしばらくすると、夏本番ですね。今年の夏は、どんな楽しい予定がありますか？　わたしは、最近マーダーミステリーとＴＲＰＧにハマっています。おそらく、室内で遊ぶ夏になりそうな予感です。

いろんなイベントの合間、ひとりでのんびりしたいときにでも拙著をお楽しみいただけたら光栄です。

またどこかでお会いできる日を願って。それでは。

夏目前、静かな雨で始まる水曜日の朝に　麻生ミカリ

ルネッタⓁブックス

実は御曹司だった天敵有能同期とお見合いしたら、甘々愛され婚約者になりました

2023年7月25日　第１刷発行　定価はカバーに表示してあります

著　者　麻生ミカリ　©MIKARI ASOU 2023
発行人　鈴木幸辰
発行所　株式会社ハーパーコリンズ・ジャパン
東京都千代田区大手町 1-5-1
03-6269-2883（営業部）
0570-008091　（読者サービス係）

印刷・製本　中央精版印刷株式会社

Printed in Japan ©K.K.HarperCollins Japan 2023
ISBN978-4-596-52018-0

※この作品はフィクションであり、実在の人物・団体・事件等とは関係ありません。